光文社文庫

おとぎカンパニー

田丸雅智

光　文　社

おとぎカンパニー　目次

Otogi Company

装幀　bookwall
本文イラスト　usi

Episode 1

同期で一番

（白雪姫）

入社して配属された部署は少数精鋭の何でも部隊で、とても多忙を極めていた。もちろん仕事は楽しかったのだけれど、初めはできないことばかりで、厳しい現実に直面することも多々あった。

そんなとき、心の安定剤になってくれたのは偶然見つけた秘密の鏡だった。

「鏡よ鏡、同期で一番仕事ができるのは、だぁれ？」

鏡に向かって、私は尋ねる。

すると鏡の表面がぐらりと揺れて、こんな声が返ってくる。

「同期で一番仕事ができる……それはあなた」

その一言で、私は救われたような気持ちになる。

鏡を見つけたのは、会社の資料室でのことだった。あるとき資料の整理をしていると、段ボールの中に神秘的な雰囲気を放つ手のひらほどの鏡を見つけたのだ。

その鏡に話しかけてしまったのは、ちょうど慣れない仕事の連続に疲弊《ひへい》していたこともあったのだろう。声が返ってきたときも、驚くというより不思議と自然に受け入れている自分

がいた。

数十人の同期の中で、自分が一番仕事ができる――。

鏡の言葉は私にとって、忙しい日々をがんばれる何よりの糧《かて》になった。

以来、気持ちが弱くなってくると私は資料室をこっそり訪れ、鏡に話しかけるようになった。鏡も期待に応《こた》えてくれ、いつでも私に力をくれた。

「おまえはほんと、よくやってるよ」

先輩たちも認めてくれて、新人なりに順調な会社生活を送れていたといえるだろう。

そんな私と対照的だったのが、同期入社の白石《しらいし》美雪《みゆき》だ。

美雪は同じ部署に配属された唯一の同期で、どうしてこの精鋭部隊に配属されたのか理解に苦しむほど、仕事が全然できない子だった。

「おい、白石！　コピーがズレてるぞ！」

先輩が怒鳴って、美雪はひぃっと立ち上がる。

「す、すみませんっ！」

「おい、白石！　こっちはデータにミスがある！」

「すみませんっ！」

美雪は謝罪の言葉を繰り返す。そしてそのうち、めそめそと泣きはじめるのがお決まりだ

った。

先輩たちはどうにも対応に困ってしまって、仕事が一時中断する。

「ずびばぜん、ずびばぜん……」

声を震わせ謝る美雪に、私はイライラして仕方がなかった。

こんな子、さっさと辞めたらいいのに——。

私は資料室に赴《おもむ》いて、鏡に尋ねる。

「鏡よ鏡、同期で一番仕事ができるのは、だぁれ？」

「それはあなた」

「そうだよね、できる私はあんな子程度にイライラしてちゃダメだよね」

心を鎮《しず》め、自分の仕事に戻るのだった。

春が終わり、夏が終わり、あっという間に会社員生活も半年が過ぎ去った。

その頃からだ。腑《ふ》に落ちないことが起きはじめたのは。先輩たちの美雪への評価が次第に変わりだしたのだ。

「あいつはドジでヘマばかりしてるけど、けっこう骨があるやつだよな」

あるとき、先輩が話しているのが耳に入った。

「分かる分かる。案外、がんばり屋だしな」

最初は誰のことを言っているのか分からなかった。が、耳をそばだてて聞いていると、どうやら美雪のことらしいと理解した。

そのときは、先輩が美雪に同情しているだけのことだろうと高を括《くく》った。あんなのが評価されるわけがない。ダメだからこそ、いいところを無理やり探してあげてるだけに決まってる。

ところがまた別の日、信じがたいことが起こった。部署の定例会議で部長が美雪を名指しして、みんなの前でこう言ったのだ。

「いやあ、白石、よくやった」

当の美雪はポカンとしていた。

「おまえの案、通ったぞ」

そして部長はこう言った。少し前に美雪が提案していた企画が取引先に気に入られ、採用されたと。新人としては異例のことで、私だって先輩に案を褒《ほ》められることこそあれ、採用に至ったことはまだ一度もなかったのだ。

「えっ、ほんとですか……?」

部長が微笑《ほほえ》み頷《うなず》くと、少し間を空け美雪は上ずった声をあげた。

「あ、ありがとうございますっ！」

ペコペコ頭を下げる美雪に、部長をはじめ先輩たちはみんな労《ねぎら》いの言葉を贈った。が、私はそれどころではなく、激しい嫉妬心に襲われていた。

「おい、おまえも祝ってやれよ。同期だろ？」

先輩のひとりに声を掛けられ、ようやくハッと我に返った。

「あ、お、おめでとう……」

慌てて言った私に、美雪は弾けんばかりの笑顔を見せた。

「ありがとっ！」

その表情は、胸の黒い渦をいっそう掻《か》き乱した。

定例会議が終わるや否や、私は資料室へと駆けこんだ。こんなにも鏡の声を聞きたくなったのは初めてだった。

そして鏡の入った箱を開けると、急いで聞いた。

「鏡よ鏡」

私は食い入るように鏡を見つめる。

「同期で一番仕事ができるのは、だぁれ？」

鏡の表面が、いつものようにぐらりと揺れる。

それはあなた――。

そう返ってくるものだと、どこかで信じ切っていた。

が、鏡が発した言葉は耳を疑うようなものだった。

「同期で一番仕事ができる……それは白石美雪」

一瞬、何を言われたのか分からなかった。聞き違いだろうかと、私はもう一度尋ねてみた。

けれど、鏡は美雪の名前をまた言った。

「冗談でしょ⁉」

ムキになって何度も何度も尋ねたが、鏡は白石美雪と繰り返すばかりだった。

私は呼吸が荒くなった。

「認めない……」

とにかくその言葉以外は出てこなかった。

「絶対に認めないから……」

激しい動悸《どうき》に襲われながら、私は鏡を乱暴に箱へと投げ入れた。

美雪の考えた企画は、ひとつ、またひとつと採用されるようになっていった。

「あの企画、よかったぞ」

先輩が美雪に声を掛けると、嫌でも耳に入ってくる。

「いえ、あれは先輩が手直ししてくださったからで……」

美雪の言葉に、そうだそうだと私は内心で呟《つぶや》いた。その企画の話なら、自分も経過を定例会議で聞いていた。美雪は案とも呼べない思いつきレベルの発言をしたに過ぎず、最終的な企画案はどう考えても先輩が練り上げたものだった。

でも、先輩は首を振った。

「いや、おれはちょっと付け加えたくらいじゃないか」

がんばれよ。そう言い残して去っていった。

私は怒りが漏れ出ないように自分を抑えるので必死だった。

たしかに私は、まだ案が採用されたことはない。でも、美雪のあのレベルで評価されるのならば、自分だってもっと評価されていいはずだ。それに、こちらは誰にも頼らず全部一人でやっているのに、あの子は先輩の力を借りてばかりで自分じゃ何ひとつできやしないじゃないか……。

気に食わないことは他にもあった。連休でも来ようものなら、美雪はどこかに旅行へ行って先輩たちに楽しそうに報告するのだ。そして、

「これ、もしよかったら」

そう言っておみやげのお菓子を配って回った。私も一応受け取るが、内心では反吐《へど》が出そ

うになっている。

——こんなので得点稼ぎして、みっともない。

——こっちは休日返上でセミナーに行ったりしてるっていうのに。

美雪は先輩とよく飲みにも行っていた。

——余裕があっていいことね。

私は積極的に残業をしてスキルを磨いた。

しかしそんな中でも、鏡は変わらずこう言うのだ。

「同期で一番仕事ができる……それは白石美雪」

私は鏡を叩きつけそうになりながら、すんでのところで何とか堪《こら》える。

こうなったら、どんな手を使ってでも美雪を引きずり下ろしてやる。私はそう決意した。

同期で一番仕事ができるのは美雪ではなく、この私でなければならないのだ——。

チャンスはしばらくして巡《めぐ》ってきた。

あるときふと美雪のデスクを見ると、一通の封筒が置かれていた。それは業者への発注書で、部署が関係するイベントで配るノベルティーの制作を依頼するためのものだった。

その瞬間、ピンと閃《ひらめ》くものがあった。

私は誰も見ていないのをたしかめるとそれを手に取り、そっと無人の会議室へと入ってい

った。ハサミで切って中の書類を取り出すと、書かれた数字を改竄《かいざん》する。そして別の封筒にまた入れて、何食わぬ顔で美雪のデスクに戻しておいた。

その数日後、仕事中に突然、えっ、と大声が聞こえた。見ると美雪が誰かと電話で話していて、しきりに何かを確認していた。

やがて切ると、慌ててどこかに電話を掛ける。次に受話器を置くころには、顔はすっかり青ざめていた。

「どうした、白石」

異変に気づいた先輩が聞いた。

美雪は狼狽《ろうばい》した表情で口にした。

「……例のイベントの件なんですが」

納品先にとんでもない量のノベルティーが届いたらしいと美雪は言った。

「なるほど……」

先輩も途端に顔色を変えた。

「とりあえず、先方の言い分は事実なんだな？」

「業者にも確認しましたが、たしかにその数で注文を受けていると……」

途中から、私は嬉々として聞いていた。

間違いない、自分が改竄した書類のもたらしたトラブルだ。

私は美雪に言ってやった。

「えっ、発注ミス？　ウソでしょ？　ありえなぁーぃ」

美雪の顔はますます青くなっていく。

「まずは急いで謝りに行くぞ！」

先輩は美雪を連れて走って社を出ていった。

これは大目玉が確定だ――。

案の定、夕方戻ってきた美雪は、部長から呼び出しをくらって厳しく叱責《しっせき》されていた。美雪は泣きこそしないものの、力なくうなだれている。

それ以上その場にいると、どうにも顔がにやけて危険だった。

作戦は大成功だ――。

私は怒られている美雪を横目に、軽い足取りで打合せに出てそのまま帰ったのだった。

しかし、翌朝出社して驚いた。ついウキウキしていつもより早めに出社したのだけれど、もうかなりの人数が揃《そろ》っていたのだ。

ただ、みんなくたびれた顔をしていて、まさかと思って先輩のひとりに耳打ちした。

「あの、もしかして徹夜だったんですか……？」

「ん？　ああ、そうだよ」

「どうして……」

「昨日、白石がやらかしてくれただろ？　その後始末が大変でさぁ。このあとも、朝イチで改めて関係各所にお詫びの行脚《あんぎゃ》だよ」

私が無言になった意味を取り違えたのだろう。先輩は慌ててこう付け加えた。

「いや、おまえには関係ないことだから、全然気にしなくていい」

そうじゃない！

私は叫びだしそうになった。

一緒に残らなかったことを悪いと思っているわけじゃない！　大変なことをしでかしたのに、なんで美雪は先輩たちから助けてもらったりしてるんだ！

たまらず私は資料室に駆けこんだ。いまなら鏡は、美雪ではなく自分の名前を挙げるはずだ。いまの自分の怒りを鎮《しず》められるのは鏡だけだ。

「鏡よ鏡、同期で一番仕事ができるのは、だぁれ？」

鏡に尋ね、固唾《かたず》を飲んで言葉を待った。

けれど、返ってきたのは予想に反した言葉だった。

「それは白石美雪」

「なんでッ！」

反射的に叫んでいた。

「そんなのおかしいでしょ⁉」

しかし、何度聞いても鏡は同じ答えしか返さなかった。

私は頭が変になりそうだったが、やがて何とか冷静さを取り戻してその理由を考えた。

もしかして、人にフォローしてもらえるのも仕事ができるうちだと鏡は判断しているのだろうか……。

そんなの認めたくはなかった。認めたくはなかったが、そうとしか思えなかった。

よーし分かった。それならそれでいいというもの。

私は決意を新たにする。

だったら、誰もフォローできない大失敗をさせるだけだ――。

再びチャンスを窺《うかが》う日々がはじまった。

しかし、今度はそう簡単に事は運んでくれなかった。

フォローしようのないほどのミスとは、どんなものか。それが閃かなかったのだ。

しかし、チャンスは唐突に巡ってきた。

部署の定例会議を翌日に控えたある日のこと、部長がみんなを集めて言ったのだ。

「急な話だが、明日の会議に社長が出席されることになった」

部長はつづけた。

「全員に、日頃の業務のことをプレゼンしてほしい。各自準備をよろしく頼むよ」

社長直々に何だろうと思っていると、会議のあと、先輩たちの話が耳に入った。

「なんだか最近、社長が妙に社員のことを気にしてるらしいな……」

「クビ切りする人員を見定めてるとか……」

それを聞いて、これだ、と私の中に電撃が走った。そして次の瞬間には、自分のやるべきことを思いついていた。

もう明日に迫っているから、時間はない。急いで準備しなければ……。

翌日の午後、会議の前に私は給湯室であるものを用意した。

それは自分と美雪、二人分のアップルティーだった。

私はマグカップ二つを会議室に持ちこんで、会議の準備を先にしていた美雪の前にひとつを置いた。

「お疲れさまー。これ、よかったら」

美雪は目を丸くした。

それもそうだろうな、と私は思う。同じ部署の同期なのに、普段は話すことすらほとんど

ないのだ。

　でも、次の瞬間、美雪はパッと笑顔を咲かせた。

「わあ、アップルティーだ！　もらっていいのっ!?」

　頷くと、ますます美雪は笑顔になった。

「ありがとっ！　いい香り……」

　幸せそうな顔をして、美雪はひとくち口に含んだ。それを確実に見届けてから、私は自分の席についた。

　やがて先輩たちがやってきて、遅れて部長が社長と一緒に入ってきた。張り詰めた空気の中、若手からプレゼンをはじめるように指示がある。

　そして企んでいたそのときは、私が最初のプレゼンをしている最中にやってきた。美雪がこくりこくりと居眠りをはじめたのだ。

「おい、白石……」

　隣の先輩が美雪を小突く。

　すみません、と一度は起きるも、またすぐに眠りに入る。そしてそのうち、崩れるように美雪は机に突っ伏した。

　すべては計画通りだった。アップルティーに混ぜておいた睡眠薬が効きはじめたのだ。

「白石」

社長の前で、さすがに部長も声を掛ける。

「おい、白石！」

隣の先輩が美雪を揺さぶる。

「ダメだ、完全に寝てます……」

部長が、ああ、と頭を抱えた。そしてすぐに社長に向けて平謝りしはじめた。

「誠に申し訳ございません……」

「それより、彼女は大丈夫なのかな？」

社長が言って、部長は顔を歪《ゆが》めながらこう告げた。

「おい、誰か白石を医務室に連れてってやれ……」

美雪は先輩に抱えられ、会議室を退場した。

「あの、つづけてもいいでしょうか？」

見届けてから、私は言った。

「ああ、よろしく頼むよ」

社長の言葉に、私はプレゼンを再開した。

――美雪はクビかな？

そう思うと気分が弾《はず》み、プレゼンもうまくいったのだった。

その日、美雪はデスクに戻ってこなかった。いつになく満たされて、仕事もずいぶん捗《はかど》った。

翌日出社した美雪は、見るからに元気がなかった。注意も散漫《さんまん》になっていて、些細《ささい》なミスを連発した。社長にアピールするどころか大失態を犯したのだから、無理もないだろうなと私は思う。

「おい、白石！　しっかりしろ！」

美雪は抜《ぬ》け殻《がら》になったかのようにぼんやりしていた。さすがの先輩たちもフォローの仕様がないようだった。

私は資料室に行き、期待に胸を膨らませて鏡を出した。

「鏡よ鏡、同期で一番仕事ができるのは、だぁれ？」

今度こそ、鏡は言った。

「同期で一番仕事ができる……それはあなた」

安穏《あんのん》の日々が戻ってきたと、私は快哉《かいさい》を叫んだ。

この自分こそ、同期で一番仕事ができる人間なんだ！

これでまた、自信を持って仕事に打ち込める——。

部署がざわつきはじめたのは、それから数日が経ったころだ。

「なあ、近いうちに緊急の辞令が下りるらしいぞ」

先輩たちが噂しあっているところに出くわして、私は尋ねた。

「辞令って、どういうものですか？」

「さあ、内容までは伝わってこないんだよなぁ……」

先輩たちは鈍いなぁと思わざるを得なかった。

そんなの、美雪への退社通告に決まってるじゃない！

「おい、みんなちょっと集まってくれ」

さらに数日が経ったある日、部長から声を掛けられた。

「全員へ伝達事項がある」

会議室に集められ、みんなで部長の言葉を待った。

「今月末で、白石が異動することになった」

部長はそう切り出した。

ドンピシャだ！

私は笑みがこぼれそうになりながら、横目で美雪の顔を見た。美雪は事前に知らされていたのだろう、嫌に神妙な面持《おもも》ちになっている。

クビは何とか避けられたものの、きっと窓際部署への異動が告げられたのだ——。

けれど、部長がつづけたのは完全に想定外の言葉だった。

「じつは今度、社長直轄の新規事業部が立ち上がることになったんだが、白石にはその設立メンバーに加わってもらうことが決まった」

「えっ？」

混乱する私をよそに、部長は言った。

新部署は、社長の肝《きも》いりでしばらく前から水面下で立ち上げが計画されていたものらしい。そして社長はその新部署にふさわしい人材を探していた。先日のプレゼンはその一環で、お眼鏡に適《かな》った数名が抜擢《ばってき》されたのだという。

「で、でも！」

私は叫んだ。

「美雪は途中でいなくなったじゃないですか！」

部長は言った。

「妙な話だが、どうやらあれがかえって社長の印象に残ったらしいな。白石だけ後で呼びだされて、個別で社長にプレゼンすることになったんだ」

途中からは美雪に向かって部長は言った。

「それに、私からも白石のことは推薦させてもらった。白石はたしかに抜けているところがある。が、独自の視点がおもしろいし、行動力にも目を瞠《みは》るものがある。この半年で基礎もみっちり仕込んだしな。まあ、あとは社長直々にいろいろと叩き込んでもらえ。がんばれよ」

でも！

私がそう言うより先に、美雪が口を開いていた。

「ありがとうございます！　畏《おそ》れ多いですが、精一杯がんばります！」

立ち上がり、みんなに向かって頭を下げた。

「短い間でしたが、本当にお世話になりましたっ！」

一斉に先輩たちから拍手が起こる――。

私は呆然《ぼうぜん》となり、完全に思考が停止した。

どうして、どうして、どうして……。

「まあ、気落ちすんなよ」

先輩がそっと口にした。

「あいつが特別優秀だっただけなんだから」

鏡のところに行く気力は、もはや湧《わ》いてはこなかった。

美雪はその後、新しい事業を次々と立ち上げ、着実に成果を収めていった。やがてその事業のひとつが別会社として独立することになり、美雪が社長に抜擢されることが決まった。

そのニュースを耳にして、私はずいぶん久しぶりに資料室へと足を運んだ。

鏡は変わらず神秘的な雰囲気を放ちながら、そこにあった。

私はおもむろに尋ねてみた。

「鏡よ鏡、同期で一番仕事ができるのは、だぁれ？」

鏡はすかさず返してくる。

「同期で一番仕事ができる……それはあなた」

たしかに私は努力をして、それなりに大事な仕事を任されるようにはなった。同期の中でもがんばっている自負はある。

しかし、どれだけ鏡に言われようとも、以前のように気持ちが満たされることはない。そもそも自分との比較対象に、美雪はいまや入っていないのだから。もう美雪は同期ではなく、元同期だ。

私は鏡を箱の中に戻して蓋《ふた》を閉じた。

もう二度と、この場所には来ないだろうなと思った。

あるとき私は経済誌で、若手女社長として美雪が特集されている記事を偶然目にした。

人生の転機を尋ねる質問に、美雪はこう答えていた。

――もともとは、当時の社長に見出してもらったことがきっかけでした。いま考えると肝を冷やす思いですが、私、社長にプレゼンをしないといけない大事な会議で、なんだか眠くなっちゃって寝てしまったんです。当時は目を覚ましたあとに頭が真っ白になりましたが、社長はそれで名前を覚えてくださったみたいで。改めて、じっくり話を聞いてもらうことができたんです。本当に幸運としか言えません。

余談ですが、と、美雪はつづける。

――その転機となった会議のとき、同期の子がアップルティーを淹《い》れてくれたのがすごく印象に残っていて。じつはそのアップルティーが幸運を運んでくれたんじゃないかって、ひそかに思っているんです。

そして記事は、こう結ばれていた。

——だからいまでもここぞというとき、私は決まってアップルティーを口にするのが習慣ですね。それで験《げん》を担いで、大一番に臨んでいるわけなんです。

Episode 2

見えないラケット

（裸の王様）

おれたちテニス部一年生の間で不満がくすぶりはじめたのは、入部してしばらく経ってからのことだった。厳しい練習に嫌気がさしはじめたのだ。

単に練習量が多いだけではなかった。真面目すぎるキャプテンもその原因の一端だった。

「一年ッ！　集合ッ！」

「はいっ！」

キャプテンから声が掛かり、おれたちはそちらに走る。

が、キャプテンは集まった一年たちを睥睨《へいげい》して言う。

「……いま全力で走ってこなかったやつがいたな？」

キャプテンの問いには有無を言わせぬ圧力がある。

「論外だ……何事にも全力を出さないやつが、試合で勝てるわけがないッ！」

キャプテンはつづける。

「直接的な練習じゃないところで、いかにがんばれるか。そこで真価が問われるんだッ！」

おれは内心でこう思う。そんなものは上達と何の関係もないじゃないか、と。

だいたい、集まるくらいで大げさなんだ。力というのは、抜くべきところと入れるべきところがあるもので、常に全力でいたら肝心なときにガス欠を起こす。バカ真面目は一人だけにしてくれよ。

しかし、そんなことを口に出して言えるはずもなく、黙るばかりだ。

キャプテンは言う。

「おまえら全員、コート二十周ッ！」

「はいっ」

「返事が小さいッ！　五十周ッ！」

「はいっ！」

うんざりしながらも、コートの周りを走りはじめる——。

キャプテンは思い込みも激しいタイプで、こうと決めたら頑《がん》として譲らないところもあった。

雨が降ろうと、部活が休みになることはない。それどころか、キャプテンは何が何でも外で練習したがった。

「一日ラケットを握らないと、感覚を取り戻すのに一週間はかかるからなッ！」

何を根拠にしてのことか、そんな持論を掲げていた。

「ですがキャプテン、雷が鳴ってるじゃないですか……」

部員のひとりが口にする。

「そうだよ」

副キャプテンもフォローする。

「今日はさすがに休みにしようよ。雷に打たれたら大変じゃない」

が、キャプテンはまったく聞く耳など持ちはしない。

「やると言ったらやるんだッ！」

「いや、だからそこを……」

押し問答がつづいたあと、なんとか屋内での筋トレ案へと着地する。

しかしそれでも、キャプテンだけはぬかるんだコートに繰り出して、ひとり激しい雨に打たれながら練習に励みはじめるのだった。

そんなある日のこと。昼休みに部活の雑務の割り当てを話し合うべく、一年だけで集まる機会があった。

必要な議題が終わると、話題は自然とキャプテンについての話になった。

「ここだけの話、ほんとうざいよな」

言葉を選ばず、部員のひとりが口にする。

「時代錯誤っていうかさぁ」

「分かるわー」

「熱血すぎて暑苦しいし」

「なんかズレてるしなー」

そのとき、また別の部員が口を開いた。

「なあ、みんなでキャプテンにひと泡吹かせてやらないか？」

そいつは意地悪そうな笑みを浮かべた。

「ひと泡？」

「恥をかかせてやるんだよ」

「ほぅ？」

おれたちは、そいつの話に耳を傾ける。

「キャプテンにラケットをプレゼントするんだ。ほら、そろそろラケットを買い替えたいって言ってただろ？　だから、おれたちからキャプテンに」

「えっ、買うってこと？」

尋ねると、そいつは首を横に振った。

「買わない。強《し》いて言えば、ラケットケースだけ用意する。で、それを渡すんだ」

意味が分からず、おれは聞く。

「そんなことして何になるんだ……？」

「渡すときに、こう言うのさ。これは性能抜群の最先端のラケットです。ただし、正直な人にしか見えないんです……って」

「それって……」

「そう、名付けて、裸の王様作戦だ」

おお、と場がどよめいた。

おれも笑ってこう言った。

「なるほど、見えないって言ったら正直者じゃないと思われて恥をかく。かといって、見えると言ったら演技をしないといけなくなる……そのキャプテンのリアクションが見ものってわけか。でも、さすがに裸の王様の話くらいは知ってんじゃないの？　激怒したらどうすんだ？」

「そのときはそのときだ。やるからには、おれらも腹を括《くく》らないと。でも、キャプテンもこんなことをされるくらい嫌われてるんだって気づくんじゃないかな。そうなれば、ちょっとは態度を改めてくれるんじゃね？」

「他の先輩たちは……？」

「先輩らも被害者なんだから、おれらに感謝するくらいだろうよ」

かくして、裸の王様作戦はその日の練習後に決行されることと相成った。

練習はいつも通り厳しかったが、これから仕掛ける悪巧《わるだく》みを思うと、いつも以上に楽しく充実した時間になった。

そして練習のあと、おれたちはキャプテンを捕まえた。

「キャプテン！」

「なんだ、揃《そろ》いも揃って」

キャプテンは不審そうな顔になる。

「何かやらかしたのか？」

いえ、と言いつつ、部員のひとりが切りだした。

「違うんです。じつは、ぼくたちからキャプテンに渡したいものがありまして……」

「渡したいもの？」

「これです」

差しだしたのは、ラケットケースだ。それは部室の奥に転がっていたのを拾ってきたものだった。

「なんだ、これは」

「ぼくたちからのささやかなプレゼントです」

そいつはつづけた。

「一年全員でカンパしてラケットを買ったんです。キャプテンに使ってほしくて……その、ラケットを替えたいとおっしゃっていたので」

「ふざけるなッ！」

キャプテンは顔を真っ赤にした。

「プレゼントだと？　おれをバカにしてるのかッ！　自分のラケットくらい自分で買えるわッ！」

予想通りの反応に、今度はおれが口を開く。

「キャプテン、違うんです！」

「何が違うんだッ！」

「これは、ぼくたちなりのチーム愛なんです！」

「チーム愛……？」

その言葉に、キャプテンは如実《にょじつ》に反応した。おれはすかさず畳みかける。

「このラケットには、ぼくたち一年生の精一杯の思いを込めました……キャプテンには、これで勝っていただきたいんです！　キャプテンの勝利はチームの勝利……何もできないぼく

たちにとって、できるのはこれくらいしかないんです！」

「おまえら……」

「しかも、これはもの凄いラケットなんですよ！　ひとつひとつが職人の手作りで、従来のラケットの概念を覆す、ハイパーでウルトラな超絶のラケットなんですっ！」

キャプテンは黙りこんだ。少し言い過ぎただろうかと後悔していると、やがて言った。

「……おまえらがそんなにチームのことを考えているとは思わなかった……そこまで言うなら、ありがたくいただこうッ！　おれはおまえらのラケットで必ず勝利をもぎとるぞッ！」

「あ、ありがとうございますっ！」

キャプテンはラケットケースを受け取ってくれた。

そしてファスナーを開けようとしたその瞬間、別の部員がすかさず言った。

「すみません！　ひとつだけいいですか？」

そいつは打合せ通りにこう言った。

「このラケットにはちょっと変わった性質がありまして……」

「うん？」

「凄いラケットなんですが……ズバリ、正直な人にしか見えないんですよ」

ついに言った、と、みんなが唾を呑みこんだ。

「そうか」

キャプテンは興味なさそうな様子で言った。

「まあ、それならおれは大丈夫だな」

きたきたきた、と思いながらも、みんなは黙って見守っている。

「そうですよね、失礼しましたぁっ！」

部員が言うと、キャプテンはラケットケースのファスナーを開けた。

さあ、どんな顔をするのだろう——。

その一瞬を逃すまいと、おれはキャプテンの顔を見つめつづけた。

と、その目がカッと開いたかと思った次の刹那《せつな》、キャプテンは大きな声をあげた。

「おおッ！」

そしてラケットを握っているように手を掲げ、興奮を抑えきれないといった様子で口にした。

「見るからに素晴らしいラケットだなぁッ！」

おれも内心で叫び声をあげていた。

なるほど、話に乗ってくるパターンのほうだったかっ！

さりげなく、他のやつに目配せをする。みんな必死に笑うのを我慢している。

キャプテンはそのまま、虚空《こくう》をしげしげと眺めまわした。いかにも惚《ほ》れ惚《ぼ》れしているといった表情が滑稽《こっけい》だ。

次にキャプテンは少し離れたところに歩いていって、素振りのような動作をしはじめた。

もちろん手には何も持っていやしない。にもかかわらず、あたかもラケットを握っているような仕草で腕だけブンブン振りだしたのだ。

あまりのシュールさに、ついに、ぷっ、と部員のひとりが噴《ふ》き出した。しかし、キャプテンは気づくことなく、フォアにバックにとパントマイムに勤《いそ》しんだ。

「どうですか、キャプテン。新しいラケットは」

堪《たま》らず部員のひとりが尋ねると、キャプテンは言った。

「軽い！　あまりに軽いッ！」

そりゃそうだろうと、腹がよじれそうになる。

「まるで空気みたいだッ！」

そりゃそうだろうと、もはや腹筋崩壊寸前だ。

「ありがとなぁ。おまえらほんと、ありがとなぁ……」

気がつくと、キャプテンの目には少し涙が滲《にじ》んでいた。演技もここまでくれば役者ものだなと思いながらも、みんなでキャプテンに話を合わせる。

「喜んでいただけてよかったです！」

「ありがとなぁ……」

おれたちは、目を輝かせて虚空を見つめつづけるキャプテンを後に、その場を立ち去ったのだった。

直後のことは言うまでもないだろう。

それまで我慢していた分も加わって、おれたちはとにかく笑い転げた。中には笑い過ぎて言葉が出なくなるやつもいた。

「軽い！　あまりに軽いッ！」

キャプテンの口調を真似《まね》ては、また死ぬほど笑い転げる。

想像を遥かに上回る大成功だった。

これでキャプテンも大恥をかいて、少しは変わってくれるだろう――。

みんな明るい気持ちで、それぞれ家路についたのだった。

ところがだ。翌日の練習で、おれたちは激しい混乱の渦に巻き込まれる。

放課後、いつものようにコートに行くと、キャプテンと副キャプテンが練習前のラリーをしていたのだが、その光景を見て絶句した。

コートに立つキャプテンが、手に何も持っていなかったのだ。それなのに、目の前ではた

しかにラリーが成立している。あろうことか、キャプテンはラケットを振る真似をしているだけに見えるのに、なぜかボールは弾かれて相手コートにきちんと返っていくのである。

「おお！　おまえらッ！」

キャプテンが手を止め、やってきた。

「恐れ入ったよ、このラケットには。もうな、軽くて軽くて、何も持ってないみたいなんだ。それでいて、ボールに圧《お》し負けたりもしない。本当にすごいラケットだ」

まったく意味が分からなかった。いったい何が起こっているのか――。

何も言えずにいたおれたちは、救いを求めるようにラリー相手の副キャプテンのほうを見た。しかし、その今にも泣き出しそうな顔を見て、副キャプテンもこちらと同じ気持ちであることが容易に分かった。

「さあ、練習をはじめるぞッ！」

黙っていると、大声が飛んだ。

「おいっ！　どうした！　返事がないぞッ！」

「は、はいっ！」

練習中も、おれたちはキャプテンから目を離すことはできなかった。

キャプテンは、やはり目には見えない〝エアラケット〟でボールを見事に打ち返している。

「なあ、おまえ、ラケット見える……？」

自分の目がおかしいだけかと、何度も周りにたしかめた。

「いや……」

相手は弱々しく首を振る。他の先輩たちも関わり合いになりたくないのだろう、見て見ぬふりを決め込んで自分の練習に励んでいる。

休憩のときに、キャプテンがおれたちを集めて言った。

「おまえらに改めて礼を言いたい。このラケットのおかげで、どうやらおれはプレイヤーとして一皮も二皮も剝《む》けたらしい」

ありがとなぁ。

おれたちは返答に窮《きゅう》し、互いに戸惑いの視線を交わしつづけるのみだった。

キャプテンは、その見えないラケットで順調に練習をつづけていった。

そしてついに、試合の日がやってきた。

そのころになると、おれたちは、もうなるようになれと半ば自暴自棄のような気持ちになっていた。

大会がはじまり、試合が順番に行われていく。

やがてキャプテンの番が回ってきて、おれたちはネット裏に集まって声援を送った。

「いけいけキャプテン！　押せ押せキャプテン！」

片手をあげてキャプテンは応《こた》える。おれたちはヤケ気味に大声をあげる。

「行けるっすぅ！」

「押せ押せっすぅ！」

キャプテンは、テニスバッグから見えないラケットを取りだして堂々とコートに入った。

対戦相手は昨年の大会の入賞者だった。実力で言えば確実にキャプテンが劣勢だ。

しかし、勝敗はあっという間についてしまった。キャプテンが見えないラケットを操って、ワンサイドゲームで勝ったのだ。

そして、次の試合でもその次の試合でも目を瞠《みは》るようなゲーム展開で勝利を収め、あれよあれよと言う間にキャプテンは決勝にまで駒を進めた。

「いやあ、おまえらのおかげだよ。こっちは背負ってる思いが違うってんだよなぁ！　あと一勝、しっかりもぎとってくるわッ！」

笑いかけられても、こちらはぎこちない笑みを返すばかりだ。そんなおれたちを、キャプテンは好意的に捉えてくれる。

「おまえら、自分たちのラケットのおかげなのに、ぜんぜん功績を主張しないな。まさか後輩に謙虚さを教えられるとはなぁ！」

あっはっは。

笑いながら、キャプテンはその場を去っていく。

しかし、さらに妙な事態が決勝戦で待ち受けていた。

問題は、キャプテンの対戦相手にあった。颯爽《さっそう》とコートに入ってきたそいつも、なんと手に何も持っていないように見えたのだ。そう、相手も見えないラケットの使い手だったのである。

「なあ……」

「ああ……」

おれたち一年はざわめいた。他の先輩たちは応援の声こそ出しているものの、呆《ほう》けたような顔をしている。

そして対戦がはじまった。

じつに妙な試合だった。何しろボールだけが軽快な音を立て、行ったり来たりを繰り返すのだ。

おれたちはその軌道を目で追って、何とか声出しをする。

「今のボールは入ってただろっ！」

「審判、ちゃんと見ろよぉっ！」

しかし、その審判も誤算だった。

キャプテンが打ち損じたボールが、コートの遥か外に飛んでいってしまったあとだった。ボールボーイが新しいボールをコートに投げ入れるような動作をしたのだが、おれたちはそのボールを見ることができなかったのだ。

にもかかわらず、キャプテンは何かを受け取ったような仕草を見せた。そしてそのまま見えない何かを上にトスしてサーブを打った。相手も審判も特に変わったそぶりを見せることなく、ふつうに試合が再開する。すこん、すこん、と、音だけのラリーがつづけられる。

「アウトッ！」

審判が宣言し、キャプテンは悔しそうな顔をした。

「ボール一個分だったな……」

ぶつぶつ言う声が聞こえてくる。

また、すこん、とサーブを打つ音がして、今度はすぐにキャプテンがガッツポーズを見せた。審判と相手の様子から判断するに、どうやらキャプテンがサービスエースでやり返したらしかった。

もはや何が起こっているのか、部外者には一切分からなかった。すこん、すこん、という音と、読みあげられるスコアのみを頼りにしながら試合を見守る。

「アウッ！　デュース！」

途中までは、ほとんど互角の勝負だった。が、時間が経つにつれて徐々に均衡が崩れはじめた。ここ一番でキャプテンのミスが目立つようになってきたのだ。

「アウッ！　フォーティー、ラブ」

そして、とうとうそのときがやってきた。次がマッチポイントだと審判が告げ、最後は相手がスマッシュを決めて——少なくともそう見えて——試合は終わった。

奮闘も一歩及ばず、キャプテンは準優勝となったのだった。

試合の後、キャプテンはおれたち一年を集めた前でうなだれた。

「本当に申し訳ない……」

いつになく、弱々しい表情だった。

「ここまで来たのに最後に自分の弱さが出てしまった……おまえらの思いにも応えることができなかった……ああっ！」

キャプテンは男泣きをしはじめた。

号泣するキャプテンを前に、全員が黙りこくった。

やがて、おれは口にしていた。

「……キャプテン！　また次があるじゃないですか！」

それを皮切りに、部員ひとりひとりが声をあげはじめた。

「そうですよっ！」

「次の大会で雪辱《せつじょく》を果たしましょうよっ！」

「ドンマイですっ！」

キャプテンは泣きはらした赤い目で言った。

「おまえら……」

涙を拭うと、そこにはいつものキャプテンが戻ってきていた。

「よしッ！　今日はこれから学校までランニングして帰るぞッ！　もう次の勝負ははじまっているッ!!」

おれは、いや、一年みんなが揃って大きく声をあげた。

「はいっ!!」

後日、キャプテンの判断で、積み立てた部費を使ってテニス部の全員に最新のラケットが支給されることになった。

キャプテンからひとりひとりに配られたラケットは、無論、目で見ることは叶《かな》わない。持っているような、いないような、妙な感触だけがそこにはあった。

「ボールも本番を意識して、練習のときから試合球を使うことにするッ！」

そのボールも見えることは決してない。

「次の試合は、絶対に勝つぞッ！」

「はいっ!!」

おれたちは、見えないラケットとボールを使ってラリーをする。うまく打てずボールは変な方向に飛んでいっているらしいのだが、音と感触でしか判断できず、真実がどうかは分からない。

「おまえら、集中が全然足りてないぞッ！」

「はいっ！」

「やめだやめだッ！　全員、コート百周ッ！」

「はいっ！」

あれはタチの悪い冗談だったと、みんなで正直に謝罪をすれば、この状況から脱することができるのだろうか。

このままいくと、おれたちのユニフォームが見えないものになってしまうのも、時間の問題に違いない。

Episode 3

天色《あまいろ》の髪の乙女

（ラプンツェル）

セイラがうちのクラスにやってきたのは、中学三年の春だった。

一目で異国の血を感じるその顔立ちは、地方住まいの私たちを騒がせるには十分だった。

「転校生の白鳥《しらとり》セイラだ。みんな仲良くしてやってくれ」

先生が紹介すると、セイラはぺこりと頭を下げた。

整った顔つきや、すらりとした手足は、まるでモデルのようだった。ブルーの瞳は吸い込まれてしまいそうなほど深く、そして何より美しかったのが、三つ編みに編まれた白銀色の髪だった。

休み時間になると、セイラの周りはたくさんの女子たちでごった返した。

「ねぇ、どこから来たの？」

「ハーフなの？」

「モデルなの？」

女子たちは一方的に質問した。

「家はどこ？」

「前の学校は？」

「出身は？」

しかし、セイラは困惑したように曖昧《あいまい》に微笑《ほほえ》むだけだった。

「ちょっとみんな」

やり取りを隣の席で聞いていた私は、そんな女子たちをたしなめた。

「白鳥さん、困ってるじゃん。落ち着こうよ」

「出ました、委員長ー」

女子のひとりが口にした。

「勝手に仕切らないでよねー」

「そーそー、委員長のものじゃないんだからさー」

ぶーたれる女子たちに、私は言った。

「学校のことを教えてあげるのが先でしょ？　とにかくみんな、またあとで！」

「へーい」

彼女たちがつまらなそうに去っていくと、私は言った。

「ごめんね、騒がしくて」

「ううん……」

「私、鷲崎《わしざき》ミホ。ミホって呼んで」

「ミホ……」

「そ。学級委員長をやってるから、みんな委員長って呼んでくるけど。まあ別に、白鳥さんも委員長って呼んでくれてもいいんだけどね」

セイラは躊躇《ためら》うような仕草を見せたあと、小さく首を横に振った。

「おっけー。なら、ミホでよろしく。じゃあさ、白鳥さんのことも、セイラって呼んでいい？」

「えっ……」

「ダメ？」

「ううん……」

「それじゃあ決まり！　よろしくね、セイラ！」

セイラは戸惑い顔になりつつも、小さく頷《うなず》いたのだった。

見かけによらず、セイラは控えめな性格だった。声も小さく、なんだか少しびくびくしているようでもあった。積極的に発言もせず、休み時間も物静かにしていた。

そんなセイラに、女子たちは不満たらたらだった。

「ねぇ、セイラちゃんって、秘密主義者なの？」

「えっ、そんなこと……」

「だったら、前の学校のこととか教えてよー」

「えっと……」

私はすかさず口を挟む。

「ほら、セイラが困ってるじゃない」

「委員長は黙っててくださーい」

「人には言いたくないことだってあるんだから」

「やっぱ秘密主義じゃーん」

「行こ、セイラ」

「うん……」

私は教室からセイラを連れ出す。

「みんなも悪気はないんだけどさ。田舎だから珍しがってんの」

「あの、その……ミホは違うの……？」

「そりゃ珍しいよ。でも、それとこれとは話が別。まあ、私といるときくらいはリラックスしてよ」

「でも、私……」

セイラが何か言いかけて、口を閉ざした。

「なに？」

「ううん、何でもない……」

「そ」

私たちは少し校舎の中庭で涼んでから、教室へと戻っていった。

事件が起こったのは、一週間ほど経ったある日のことだった。

休み時間、セイラを囲んでいた女子のひとりが何気なくこんなことを言ったのだ。

「セイラちゃんさ、髪伸びたねー」

みんな、うんうんと頷いた。

たしかにセイラの髪は伸びていた。少し前までは肩にかかるほどだったはずの三つ編みは、いつの間にか肩甲骨《けんこうこつ》にかかるくらいの長さになっていた。

そのことを、みんなうっすらと感じてはいた。けれど、そのときまで誰も口にしてはいなかった。

と、次の瞬間のことだった。

ガタンと椅子の音がして、見るとセイラが立ち上がっていた。色白の顔は真っ青になっていて、唇が少し震えていた。

「どうしたの？」

私は尋ねた。が、セイラは声を振り切るように走って教室を出ていった。

なんだなんだと、男子たちもざわつきはじめる。

「えっ、ちょっと意味分かんないんだけどー。私が悪いのー？」

「行ってくる！」

騒ぐ女子たちを背に、私はセイラのあとを追った。

セイラは中庭のベンチに座っていた。授業開始を告げるチャイムが鳴ったけれど、黙って俯《うつむ》いたままでいる。

「来ないでッ！」

私がそちらに歩みかけると、セイラが言った。

「私に構わないでッ！」

その声は強く、はっきりとした拒絶を示していた。

しかし、私は無視して近づいていって隣に座った。

セイラは驚いたように目を見開いた。そのブルーの瞳からは涙がこぼれ落ちていた。

「いいよ、何も言わなくて」

私は言った。

「言いたくないことのひとつやふたつ、誰にでもあるもんだしさ」

セイラはしばらく黙っていた。が、やがて重い口をゆっくり開いた。

「どうして私なんかに……」

「私、学級委員長だからさ……ってのは、ただの建前。まあ、ウザいお節介焼きの女だと思って」

セイラは何も答えなかったが、先ほどまでのトゲトゲした空気は消えていた。

私たちは授業終了のチャイムが鳴るまで、静かにベンチに座っていた。そうして二人で、無言のまま教室へと帰っていった。

女子たちの態度が一変したのは、その翌日からだ。

前の日までは、セイラが登校してくるとみんなでワァッと近づいていき、一方的にまくし立てるのが常だった。それが、セイラが登校してきても、話しかけるどころか誰も近づいていかないのだった。

「なんか、感じ悪いよねー」

そんな声が聞こえてきた。

「ちょっとキレイだからって、調子に乗ってんじゃなーい？」

セイラの悪口なのは明らかで、私はバンッと机を叩いて立ち上がった。

「静かにしてくださいッ！」

「えー、急になにー、委員長こわいんですけどー」

「ヒステリーはやめてくださーい」

私は教室の入口で固まっているセイラのもとに歩いていって耳元で言った。

「気にしなくていいから」

腕を取るも、セイラは二の足を踏んでいた。

「大丈夫だから」

私は半ば強引に、セイラを席まで連れていった。

次の日も、その次の日も、女子たちの態度は変わらなかった。むしろ、悪口を耳にする機会は増えていった。

「あの子、また髪が長くなってるんですけどー」

「恐怖のお人形さん、みたいなぁ？」

女子たちは、あからさまにセイラに聞こえるように言った。

「静かにしてッ！」

注意すると一瞬だけ静まるものの、またひそひそと話しはじめる。

「そういえば、夜更《よふ》かししたら髪が伸びるって聞いたことあるー」

「えー、あの子、夜遊びしてるってことー？」

睨《にら》みつけると、また少しのあいだ静かになる。

私は腹が立って仕方がなかった。が、その一方で、女子たちの言葉には事実も含まれていた。

それはセイラの髪のことだった。その三つ編みは日に日に伸びて、ほんの数日ほどで腰のあたりにまでなっていたのだ。

それでも私は何も聞かず、雑音を無視しながら休み時間は二人で過ごした。私といるとき以外、教室でのセイラはほとんど口を開かなくなっていった。

そんな彼女を少しでも元気づけたいと、私はあるものを渡してみた。

放課後、教室に残って二人で宿題をやっているとき、私は言った。

「ねぇ、手を広げて」

「えっ……？」

「いいからいいから」

無理やり手を取り、握らせる。それを見て、セイラは目を丸くした。

「私が作ったの。してみてよ」

セイラは戸惑いながらもそれを――パールビーズをあしらった髪留めを、三つ編みの先っ

ぽに結びつけた。

「やっぱり！」

私は叫んだ。

「すっごい似合ってる！」

実際、白銀色の三つ編みに、その真珠色のビーズはよく似合っていた。

「そう……？」

セイラは恥ずかしそうに顔を伏せた。

「でも、もらっていいの……？」

「いいに決まってるじゃん！　せっかく作ったんだから、ちゃんと使ってよね！」

ありがとう。小さくそう言い、セイラは笑った。久しぶりに見た笑顔だった。

それからも、セイラの髪は目を瞠《みは》る速さで伸びつづけた。

三つ編みは腰元を過ぎて太ももを過ぎ、やがて地面につきそうになると、セイラは器用に折り畳んでゴムで束ねるようになった。そんな中でも髪の先には私のあげたパールビーズが光っていて、大切な友達の証《あかし》のようで嬉しかった。

日々は過ぎ、やがて夏がやってきた。

そんなある日、珍しく、セイラのほうから私に話しかけてきた。

「ねぇ、今日の夜、ちょっとだけ出てこれたりする……？」

中庭のベンチでセイラは言った。

「いいけど、どうして？」

「えっと……」

言葉を探しはじめたセイラに、私は言った。

「分かった。いいよ、何も言わなくて大丈夫。ぜんぶ夜に聞くからさッ」

セイラはしばらく口ごもったあと、ありがとうと呟《つぶや》いた。

その夜、私はコンビニに行ってくると親に言って、指定された場所に向かった。

それは学校のプールだった。

金網をよじ登って学校に入るのには勇気がいった。でも、頭にセイラの顔がよぎり、私は腹を括《くく》って金網を越えた。

プールにはすでに先客がいた。月光に輝く白銀色の髪のおかげで、一目でそれが誰か分かった。

「セイラ？」

声を掛けると、素足に制服姿のセイラがこちらを向いた。

「ミホ……ほんとに来てくれたんだ……」

「当たり前でしょ」

呆《あき》れて返すと、セイラは泣き笑いのような顔になった。

「ちょっとちょっと、どうしたの？」

「ごめん……大丈夫」

私はセイラと並んでプールサイドに腰掛けた。足を浸すと、水がひんやり気持ちよかった。

ちゃぷちゃぷと水を蹴る音だけが聞こえてくる。

私は静かにそのときを待った。

「私の髪さ」

やがてセイラが口を開いた。

「こんなに伸びて気持ち悪いでしょ？」

さらにつづけた。

「切ればいいのにって思うでしょ？」

でも、役目があるから切れないの——。

そう言うセイラに、私は尋ねた。

「役目って？」

それには答えず、セイラは言った。

「私ね、前の学校でも前の前の学校でも、ひとりも友達なんていなかったんだ。最初はみんな話しかけてくれるんだけど、髪が伸びてくると気味悪がられて。無視をされたり、いじめられたこともあった」

でも、そんな私に変わらず接してくれたのが、ミホだった。

「だからミホだけには、髪のことを打ち明けようって決心したの」

そう言うと、セイラは水から足を抜き、プールサイドに立ち上がった。そしてその長い髪に手を掛けて、ゆっくりゆっくりほどきはじめた。

私の目は、その光景に釘付けになった。

ふぁさっと広がったセイラの髪は、風もないのに棚引《たなび》いていた。白銀色は昼間見るよりさらに輝き、闇の中で優しい光をたたえていた。

次の瞬間、セイラの影が素早く動いた。

あっと思った直後には、ザブンという音が聞こえていた。

「私の髪ね！」

プールの中から、セイラは叫んだ。

「天からの預かりものなんだ！」

生まれたときからの定めなのだと、セイラは言った。

「天の色に染まるたびに、空に返すの！」

正直なところ、私にはその意味がよく分からなかった。でも、天の色というのは直感的に理解できた。

セイラはぷかぷかと水に浮かび、白銀色がプールいっぱいに広がっていた。

まるで水面に星空が現れたかのようだった。

天の色。それはきっと、星の色のことなのだ――。

衝動的に、私もプールに飛びこんだ。

水面をたゆたうセイラの髪をかき分けながら進んでいくと、星空を泳いでいるかのような気分になる。

「私ね……」

不意にセイラが口を開いた。

「明日、引っ越すの」

「えっ……？」

「もうこの町での役目は終わり……次の町に行かなきゃいけないの」

突然のことで、俄《にわか》には信じられない思いだった。けれど同時に、どこか最初から分かっていたような感覚もあった。

「……そっか」

それだけ言うと、私は水に身体《からだ》を委《ゆだ》ねた。

セイラと一緒に、いつまでも波間に揺れていた。


翌朝のホームルームでセイラが教室に入ってきたとき、みんな一斉に声をあげた。あれだけ長かった髪はバッサリ切り落とされていて、セイラはショートヘアになっていた。

「突然だが、白鳥が転校することになった」

先生は言った。

「引っ越しの準備でこのあとすぐ帰るから、みんな最後の挨拶をしてやれよ」

先生がいなくなり、少しの間お別れの時間が設けられた。

女子たちは誰も歩み寄ろうとしなかった。それは嫌がらせというよりは、どうしたらいいか分からないからのようだった。

私はひとり席を立ち、セイラのほうへと近づいた。

「セイラ……」

改めて、短くなった白銀色の髪を見る。私があげた髪留めは見当たらず、それが別れの事実をはっきりと物語っていた。

「元気でね」

「うん……」

伏し目がちに、セイラは言った。

「ミホのおかげで、毎日がすごく楽しかった……」

「こっちこそ」

しばしの沈黙が流れたあと、セイラはこう口にした。

「今日の夜、空を見て」

「空？」

「私からのささやかなお礼……」

答える間もなく、それじゃあ、とセイラは言った。

「さようなら」

チャイムが鳴って、セイラは教室を出ていった。

私はひとり取り残された。

プールの塩素の匂いが、つんと鼻の奥によみがえった。


その日の夜、夕飯を食べ終えた私はベランダに出た。

そしてセイラに言われた通り夜空を見上げ――思わず息を呑みこんだ。

そこには雄大な景色が広がっていた。かつて見たことのないほど見事な天の川が横たわっていたのだった。

けれど、私はなぜだかその光景に既視感を覚えていた。そして次の瞬間、理由が分かって声をあげた。白銀色の天の川は、セイラの長い三つ編みにそっくりだったのだ。

それだけではない。直後、私は空の一角に見覚えのあるものを見つけ、さらに驚くこととなる。

天の川の端のほうで、ひっそり輝く丸いもの。

白みがかった淡い光――。

それはまるで、パールビーズのようだった。

Episode 4

教務課の女神

（金の斧）

新学期の授業のガイダンスに出ていたとき、おれはあるやつの姿を見つけて首を傾《かし》げた。前の学期が終わるころ、そいつはたしかにこんなことを言っていたのだ。

「最悪だわー、おれ英語、落としたわぁー」

おれたちのいる学科では、英語の授業は必修扱いになっている。その必修を落としたということは、同じ一年生をもう一回やらないといけない、つまりは留年になったことを意味していた。

にもかかわらず、そいつは二年生のためのガイダンスに何食わぬ顔で出ていたのだ。

いったいどうして……。

ガイダンスが終わったあと、おれはそいつに近づいた。そして声を掛けると、そいつはこちらに気がついた。

「おっ、よーよーよー、久しぶりー」

明るい口調でそいつは言った。

「どしたどした」

おれは、いやいや、と口にする。

「どしたはこっちだってーの」

「えっ、なにが？　なんかあったっけ？　あっ、あーあーあー、はいはいはい。おれのバイトのことっしょ？　時給五千円のカテキョ。誰から聞いたー？」

「は？　うっそ、五千円？　まじで？　それ、どういうこと？　あ、いや、そうじゃなくて」

「じゃないの？」

気を取り直して、おれは言う。

「おまえさ、留年するんじゃなかったの？」

「あ、そっちの話ね」

そいつは軽い口調でこうつづけた。

「いっやー、奇跡って、案外起こっちゃうもんなんだなーって」

「奇跡？」

おれは尋ねる。

「英語、落としてなかったってこと？　勘違いだったとか？」

「そういうのじゃないんだよね。別枠っていうか。なんつーの？　女神的な？」

「は？」

全然意味が分からずに、重ねて尋ねる。

「なにその女神って」

「言っちゃう？　これ、言っちゃう系？」

「頼みます系のマシマシ系で」

「びっくりすんよー？　腰抜かすよー？」

「抜かしたいな、腰」

「じゃあ、教えてやらー」

そう言って、そいつは喋りはじめた。


おれがさー、英語を落としたのは正真正銘のほんまもんの話ですわ。

いやー、まー、いま考えると全然勉強してなかったから、ですよねーって思わなくもなくもなくなかったんだけどねー。もともと英語、苦手だしさー。おまけに、なんか、帰国子女っていうの？　いまからでもあれになりたいなー、なれないかなー、がんばったらなれんじゃね？　なんて考えてたら、試験当日になってるし。だから、やべーかなーってうっすら思ってはいたんだよね、実際。

したらさー、もう、全っ然真っ白でしたわ。頭ん中も解答用紙も。全っっ然真っ白。あ、いま話を盛りました。それなりに解答欄は埋めたに決まってんじゃん。でもさー、リスニングとか、聞き取る、取らないのレベルじゃねーし。まるで異国語でも聞いてるみたいな感じでさー。

で、なんだっけ？　あ、試験結果ね。はいはいはい、まー、不可でしたわ。そんであの英語の講義さ、めっさ意地悪くて、一年の後期しか取れないようになってるわけよ。あ、知ってるか。だからボク、留年決定的でした。そんころかな？　おまえに会ってグチったのも。

だけど、その後だったんだわ。奇跡が降臨したってのが。

留年の手続きでさ、教務課に行ったわけよ。したら、女の人が出てきてさー。お、けっこういい感じじゃん、かわいいじゃん、なんて思ってたら、いきなりこう聞いてきて。

「あなたが落としたのは、金融工学基礎の単位ですか？」

って。

きんゆーこーがくぅ？　なんじゃそりゃあ、ですわ。

おれは言ってやったね。違いますって。

したら、こう言うわけよ。

「では、あなたが落としたのは、ドイツ語中級の単位ですか？」

って。

いやいやいやいや。

ドイ語の初級は、ほら、おれら第二外国語で一年のときやったじゃん？　で、おれもギリ受かってたんだけどさ、中級は二年の必修だっしゃろ？　そんなん落としようがないっちゅうか、まだ取ってすらないねんから、違うに決まってますやん。せやから、ちゃうわって言ってやりましてん。

ほしたら、女の人がこう言うたんや。

「では、あなたが落としたのは、英語Ⅱの単位ですか？」

それでやっと頷《うなず》いてん。

「せや、わしが落としたんはイングリシュゥのニィや」

ほなな、その子がこない言うやないかい。

「あなたは正直者ですね」

ってな。

はぁ？　たいがいにせぇよ？　と思うたわ。

こちとら単位落としとんじゃ、ぼけぇ。死活問題なんじゃ、カスゥ。なにが、あなたは正直者ですねぇ、や。なめとんかいな。どつきまわすど、こらぁ。

あ、やめるやめる、変な関西弁やめる。

そしたら、女の人はこんなことを言ってきたんすわ。

「正直者のあなたには、英語IIの単位をあげましょう」

って。

思わず、へ？　と声を上げそうになったね。

で、重ねてこう言ってきたわけよ。

「そして正直者のあなたには、金融工学基礎とドイツ語中級の単位もあげましょう」

なんつーか、ほんとにびっくりしたときって、人はなんも言えねーのな。英語の単位がもらえるって言われただけで狐につままれたみてーな感じになってたのにさ、よく分かんねー他の講義の単位までくれるっつーなんて、もう意味分かんねーじゃん？　景気よすぎじゃん？

これって、さすがに担《かつ》がれてんじゃね？

そう思って何度も聞いてみましたわ。ほんとっすか？　って。でもいくら聞いても同じことを言われるだけで、これはいよいよほんとかもって思いはじめてさー。

そんで、とりあえずその日は帰って、また別の日に教務課に行ってみたわけよ。夢オチとかじゃ笑えねーし。

したら、今度は別の人が出てきて。まーこの人でもいーかーと思って聞いてみたんよ。

「すいやせん、えーっと、ボクって留年？」

するとその人はいったんどっかに消えてって、紙を持ってすぐ戻ってきた。

「そういうことはなさそうですが……」

そう言って差し出された紙をよく見たらさ、前の学期におれが取った単位が書かれてて。そこの「英語II」ってとこを確認したら、なんとなんと「優」って書かれてんじゃん！　うっわー夢じゃなかったんだーって、テンション爆あがりよ。

そんでおれは、一応こう聞いてみたわけ。

「あのー、ちなみに、ボクのきんゆーこーがく基礎ってのと、ドイ語中級の単位ってどーなってます？　この紙には載ってないみたいっすけど」

「ちょっとシステムを見てきますね」

戻ってきて、その人は言ったね。

「両方とも『優』がついているようですね」

驚天動地《きょうてんどうち》ったぁ、このことよ。英語のことはまだしもさ、二年で取るはずのドイ語中級まですでに単位が取れてるっつーんだから。

おれはそんとき思ったね。ああ、女神ってのはほんとにいるもんなんだぁって。女神がお

れに微笑《ほほえ》んで、単位を授けてくれたんだぁって。あの女の人こそ、単位の女神だったんだぁって。

あとで調べたら、金融工学基礎ってのも二年の必修科目だって分かってねー。つまりおれは留年を免れただけじゃなく、二年でちょっとラクする権利まで手に入れたっつーわけなんだよ。

ってな感じぃ？

な？　びっくりしただろ？　うらやまだろ？

いっやー、やっぱなんか持ってるよね、おれ。ふつーじゃないよね、これ。ビバ奇跡。ビバビババビビ、ビババビビ。

小躍《こおど》りしながら、そいつは言った。

「そんなわけで、おれは二年に上がってこれたんよ。どうよ、これ。宣言通り、腰抜かしたろ？」

「いやー抜かしたー、想像以上に抜かしたわー」

おれは嘆息交《たんそくま》じりで口にした。

「めっさ、うらやまだわぁ……」

そう言いながら、頭の中ではあることを考えはじめていた。それは考えれば考えるほど、妙案としか思えないようなものだった。

しかし、その企みは隠しておいておれは言った。

「そんじゃ、庶民のおれはこれからドイ語中級のガイダンスがあるからさ。ダルダルだけど、必修だから出てくるわー」

「おー、がんばー」

おれはそいつと別れてその場を去った。

向かった先はドイツ語の教室――ではなかった。講義をサボってシラバス片手に向かったのは学食だった。

おれはそこで、先日書いた今学期の履修予定表を取りだした。一週間のマス目の中には、多くもなく少なくもない適度な量の講義予定が書かれている。

それを横目で睨《にら》みつつ、おれはシラバスのページを適当に開いた。そして目についた講義の名前を、履修予定表の空いたマス目に書きこみはじめた。

妙案とは、こうだった。

まず、今学期の履修予定表をびっちり講義で埋めてしまう。その数は一限から六限まで、五日間で三十コマだ。

無論、そんな日程がこなせるはずはない。いや、端《はな》からこなすつもりなどない。なぜなら、取った講義は意図的にすべてブッチしてやるのだから。そして学期終わりに教務課の女神のもとへ赴《おもむ》いて、落とした単位をきれいに回収するという作戦なのだ。

おれは目についた講義をマス目にどんどん書いていく。

文化人類学概論。近代思想史。民族比較論A。

内容はよく分からないが、構わず書きこむ。中身を知らなくたって、どうせ単位はもらえるのだ。

しかも、と、おれはついニヤけてしまう。話によると、女神は単に落とした分の単位をくれるだけではないとのこと。取ってもいない講義の単位までも授けてくれるというじゃないか。

ということは、三十コマも落とすことができた日には、どれだけ余分にたくさん単位をもらえるか……もしかすると、卒業までの単位が全部揃《そろ》ってしまったりもするかもしれない。

そうなったら、残りの二年半はずっと遊び放題じゃないか！

おれはウキウキしながら履修予定表を埋め終えると、それをそのまま出しに行った。

新学期が本格的にはじまっても、当然、講義には一度も出なかった。バイトやサークルに明け暮れるおれを心配する人もいたけれど、適当に笑ってごまかした。

中間試験の時期が過ぎ、やがて二年の前期が終わる季節が近づいても、初志貫徹でレポートも試験も全スルーを決めこんだ。

そしてついに、成績表を受け取る日がやってきた。

ドキドキしながら結果を見ると――目論見《もくろみ》どおり、すべての科目に「不可」という字が書かれていた。

「やった……」

とうとうおれは、単位をすべて落とすことに成功したのだ。

こみあげてくる笑みを抑えながら、その足で教務課を訪れた。

「これで女神様から単位をもらえる……」

目的の人物はすぐ見つかった。というか、教務課の窓口に着くや否《いな》や、向こうからすぅっと若い女の人がやってきたのだ。

――女神様ぁっ！

内心で叫んでいると、女の人はいきなり言った。

「あなたが落としたのは……」

きたきたきたと興奮した。どうしたって気が逸《はや》った。胸が大きく高鳴った。

そして――気づいたときには勝手に言葉が口から出ていた。

「全部です！　全部の単位を落としましたぁっ！」

女の人は顔色を変えずに静かに言った。

「全部とは、どの講義のことですか？」

彼女は言った。

「情報工学基礎の単位ですか？」

おれは頷《うなず》く。

「ですです！」

「そのほかは？」

「えっと……」

言葉に詰まると、女の人が口を開く。

「図形科学Bの単位ですか？」

「でですです！」

「ほかには？」

「えー、えー」

「哲学入門の単位ですか？」

実際のところは、適当に入れた講義名なんてひとつも覚えていやしなかった。

しかし、構わず口にした。

「ですですです！」

一瞬の沈黙があった。

と、女の人の表情が変わった。

「……あなたは嘘つきですね」

「えっ？」

「いま挙げたものは、すべてあなたが落とした単位ではありません」

しまったぁっ！　そう思ったときには手遅れだった。

「嘘つきのあなたにあげる単位はありません」

「ひ、卑怯《ひきよう》っすよぉ！　誘導尋問じゃないっすかぁ！」

おれは叫んだ。

「くださいよ、単位！　単位単位単位！」

「あなたにあげる単位はありません」

頭の中が真っ白になるおれに、彼女は「ですが」と口にした。

「その代わり、いいものをあげましょう」

「い、い、いいもの？　なんすかなんすか⁉　何でもください！　お願いしやっす！」

「あなたにあげるもの……それは単位を授ける立場です」

「へ？」

おれは素《す》っ頓狂《とんきょう》な声をあげる。

「立場？　えっ、ど、どういうことっすか……？」

「こういうことです」

彼女が言うと、突然、視界が真っ白になった。

気がつくと、目の前には変わらず彼女が立っていた。が、よく見ると、おれがいるのは先ほどまで彼女がいた側――教務課の窓口の中だった。

窓の向こうで、彼女は大きく伸びをした。

「やー、これでやっと、私も復学できるわー」

その口調はガラリと変わってしまっていて、何事かと混乱した。

彼女はつづける。

「単位でラクしようなんて思ったら、絶対ダメだよねー。ほんとバカなことしたなって、いまなら思うわー。まー、きみもそこでよーく考えてみたらいーよ。時間だけはたっぷりあるんだからさー」

鼻歌交じりに彼女は立ち去ろうとする。追いかけようにも、おれは窓口から出ていけない。

「め、女神様⁉　ちょっと、どどど、どういうことっすか⁉　待ってくださいよぉっ！」

叫ぶおれに、彼女は言う。

「まー、次の嘘つきがやってくるまで、きみもたくさん困ってる人を助けてあげなー。ちょっとは単位のありがたさが分かるからさー」

彼女はにっこり微笑んだ。

「それまでは特別講義の時間ってことで。ね？　単位の神様？」

Episode 5

赤い頭巾

（赤ずきん）

「おや、誰だい？」

老婆はそう声を掛けたが、返事はなかった。

森の中の質素な丸太小屋。いま、その扉がコンコンとノックされたのだった。

穏やかな口調で言葉を発した老婆は、しかし、扉の向こうにただならぬ気配を感じていた。長年培《つちか》ってきた勘が危険を囁《ささや》く。目を凝《こ》らすと、扉の隙間から禍々《まがまが》しいオーラが這《は》ってくるのが見えるかのようだった。

「入りな」

老婆は扉から距離を取り、静かに告げた。

しばしの静寂が流れたあと、きぃっと扉の開く音がした。束《つか》の間《ま》、差しこんだ木漏れ日に誰かの黒いシルエットが浮かびあがる。

扉が閉まると、そこには長身痩軀《ちょうしんそうく》の男がいた。

「何だい？　何か用かい？」

張り詰めた空気が丸太小屋を支配する。

男は物色するようにあたりを見回しながら口を開いた。

「……頭巾の在り処《あか》を聞きに来た」

男は細い目をさらに細める。口元には笑みが浮かび、牙のごとき鋭利な歯が覗《のぞ》いている。

「何のことだい」

老婆は視線を外さず口にした。

「意味がよく分からないね」

「とぼけるな」

男は刺すような口調でそれに応じた。

「あんたの正体は分かってるんだ。赤頭巾……いや、いまは元、赤頭巾と呼ぶべきか。苦労したぜ、ここを突き止めるまで」

老婆は、わざとらしく息を吐いた。

「ずいぶん懐かしい名前だねぇ。こんな老いぼれのことを覚えてくれている輩《やから》がいるなんて」

「しらじらしい。誰もあんたを忘れちゃいねぇよ。いや、忘れようにも忘れられやしないんだ。かつてその身ひとつで一時代を築きあげ、最強の名をほしいままにした、あんたのことは」

「大げさだよ。あたしゃ、運命に呪われただけのちっぽけな人間さ」

「そのちっぽけな人間に、こちとら迷惑をこうむっていてね、無敵の赤頭巾さん」

「ほぅ？」

「どれだけおれの名が知れ渡ろうとも、みんな口を揃《そろ》えてこう言いやがるのさ。たしかにおまえは強い。強いが……赤頭巾ほどじゃない」

「なるほど……あんた、ウルフだね？」

老婆の言葉に、男はまた不敵に笑った。

「あんたの耳に届いてるとすりゃ、おれもずいぶん有名になったもんだな」

「一匹狼、ウルフ……近ごろ悪逆無道の限りを尽くしているっていうじゃないか。あんたの手にかかって消えた村は、ひとつやふたつじゃないと聞くよ」

「どうだかな。殺した人間の数なら、あんたのほうが上だろうよ」

「くだらない」

老婆は吐き捨てるように言った。

「あたしゃ、罪もない人間を殺《や》った覚えはないがね」

「ハッ！　正義の味方気どりかよ。無敵が聞いて呆《あき》れるね」

「そんな名なんぞ、いくらでもくれてやるよ。もとより、あの世まで持っていくつもりは毛《もう》

頭《とう》ない」

「無条件でくれるってか。でもなぁ、婆さん、生憎《あいにく》、欲しいのは名前だけじゃなくてね。言ったろ？　おれはあんたの赤頭巾にも興味があるのさ。いや、むしろそっちが本命だと言ってもいい。妙な噂を聞いたもんでね」

瞬間、老婆の目が険《けわ》しくなった。

男はそれを見逃さず、ニヤリと笑った。

「ここを突き止めるために潰《つぶ》した村のやつらが言ってたぜ？　あんたの強さは、トレードマークだった赤い頭巾にあったんだとね。なんでも、大昔のあんたは病気がちで、ひ弱だったっていうじゃないか。それがいつからか赤い頭巾を被《かぶ》るようになってから、人が変わったように強くなった。そう、あんたの赤頭巾には、己の肉体の潜在能力を最大限に発揮させる不思議な力が宿ってる……ってな」

老婆は何も答えず、ただ口を噤《つぐ》んでいた。しかし、その様子が、かえって男の言葉の正しさを証明していた。

やがて老婆は言った。

「知らないね」

それに、とつづける。

「あの頭巾も、ここにはない」

「どうやら、喋る気はないようだな」

「あったら、とうの昔に喋ってるよ」

部屋全体が、恐ろしいほどの静寂に包まれた。

と、次の瞬間のことだった。

男が突如、ダンッと床を強く蹴った。かと思うと、老婆に向かって跳躍していた。そして男は、空中で引いた右腕を老婆の顔面目掛けて稲妻のごとき速度で打ち込んだ。

周囲の机や椅子が盛大に四方へ吹き飛んだ。

瞬《また》く間にガラクタと化したそれらの中に倒れていたのは——男のほうだった。

老婆はカウンターで打ち抜いた拳《こぶし》を引っこめて、ゆったりと構えを取った。

「おやおや、頭巾の力に頼るまでもなさそうだねぇ」

男は血を拭《ぬぐ》いながら立ち上がった。

ニィッと笑みを浮かべてだらりと両手を下に垂らす。

「そうでなくちゃ……なぁっ！」

男は再び、老婆に向かって跳躍する——。

若い女が、ひとり森の中を歩いていた。

さわさわと風が葉っぱを撫《な》で、女の被った頭巾を揺らす。

不意に小鳥が鳴いたほうに顔を向けると、可憐《かれん》な白い花が咲いていた。女はそちらに歩み寄り、長い脚を畳んでしゃがむ。その一本を優しく摘《つ》もうとした、そのとき——ドンッという不穏な音が森の奥から聞こえてきた。

女はハッと顔をあげた。そして、立ち上がりざまに駆けだした。言いようのない嫌な予感に襲われていた。樹々が前方に立ちふさがるも、華麗な身のこなしで抜けていく。

丸太小屋が見えてくると、女は徐々に速度を落とした。

そして歩いて近づこうとしたとき——突然、小屋の扉が吹き飛んで、ドサッと何かが地面に落ちた。

女は目の前の光景が一瞬、信じられなかった。

落ちてきたのは、かろうじて息をしている老婆だった。

「チッ、ババアが手こずらせやがって……」

破壊された扉から、男が手をはたきながら現れた。そして老婆を介抱する女の姿を見つけると、虚をつかれたように目を見開いた。

「おまえは……」

女は気づき、振り返る。その目には、激しい憎悪が浮かんでいる。

「あんた、誰なの」

女の口調は凍《い》てつくように冷めている。

「おばあちゃんに、何したの」

「……おばあちゃん？　どういうことだ？」

男は自問自答するように呟《つぶや》いたあと、

「はっはーん、なるほどねぇ」

と頷《うなず》いた。

「そういうことかよ。要するに、婆さんには跡継ぎがいたってことか」

すると男は、一転して真顔になった。

「オーケー嬢ちゃん。その頭巾、こっちによこしな」

女はしばらく黙っていた。が、やがて状況を理解した様子で立ち上がった。

「許さない」

「おーこわ。さすがは赤頭巾。迫力が違うねぇ、っと、おっ！」

男が言い終わる前に、女の拳が飛んでいた。男はすんでのところで横にかわすと、二歩、三歩と飛びのいた。

「おーおー、威勢がいいねぇ」

「黙りなさい」

女はさっと腰を落とし、男に向かって飛びだした。そして一瞬にして間合いを詰めると、男の頭に狙いをつけて豪快に左脚を振り抜いた。

しかし、男は身体《からだ》を引いてそれをかわした。

と、素早く回転した女の後ろ蹴りがつづけて飛んだ。男はさらに身体を引いてそれもかわし、ひゅうっと口笛を吹いた。

「そんなに華奢《きゃしゃ》な身体でやるねぇ、嬢ちゃん。赤頭巾のもたらす力は本当らしいな。ますます欲しくなった」

「あんた、何を知ってるの？」

「さあなっ！」

だらんとした構えから、男が突然、左の拳を突き出した。女はそれを交差させた両腕で受け流すと、空いた男の背中に強烈な蹴りをお見舞いした。男が前に倒れるのをこらえたところに、女はさらに男の髪を両手で摑《つか》んで引き寄せる。そのまま背面に膝を入れると、弓なりになった男の身体は遠くの木まで吹き飛ばされた。その振動で、大量の葉っぱが地に落ちた。

「立ちなさい」

倒れた男に、女は冷たく言い放った。男は苦もなく、背中でひょいと跳ねて起きた。

「なあ、嬢ちゃん」

その顔からは不敵な笑みは消えていない。

「あんたも人をぶち殺すのが趣味なのかい？」

女は苦々しい顔になりながらも口を開く。

「黙りなさい」

「そうか。見かけによらず、根は凶暴なんだなぁ。いや、その婆さんの血筋なら当然か」

女は横たわる老婆にちらりと目をやる。

「おばあちゃんの何を知ってるっていうの？」

「不死身の赤鬼、紅《くれない》の悪魔、血塗られた女王《クィーン》……有名人のおばあちゃんのことなら、よく知ってるさ」

絶句する女に、男はつづける。

「婆さんの現れたところには必ず不幸が舞い降りる、ってな」

「違うっ！」

女は叫んだ。

「やっつけてきたのは悪党だけよ！」

「ハッ、おれたち悪党の側からすればたまったもんじゃないさ。それに、婆さんが助けてきた人間どもだって、内心では恐怖心を抱いている」

「それは……」

「代償、だろ？　その頭巾の」

男は言った。

「その赤い頭巾を被ったものは素晴らしい力を得ることができる。が、代わりに頭巾に与えなければならないものがある。それが、血だ」

女は思わず息を呑んだ。

「あんたらは悪党どもをただ退治するだけじゃない。悪党どもの血を抜いて頭巾に与えてるってわけだ。そりゃあ助けたやつだって怖がるさ」

女はかろうじて声を出した。

「違う、何も分かっちゃいない……」

「まあ、どうでもいいこった。これからは、おれが頭巾に嫌というほど血を与えてやろうじゃないかッ！」

言うと男は素早い動きで女に向かった。女は繰り出された男の右腕を見切ってかわそうとした――そのときだ。男の拳がパッと開き、中から礫《つぶて》が飛んできた。咄嗟《とっさ》のことに女が目

を瞑《つぶ》った瞬間、男の蹴りがもろに脇腹に入って吹き飛ばされた。

「そんなもんじゃないだろう？」

男は瞬時に女のもとへと駆けていき、立ち上がったその足を払いにかかる。女は反射的に飛んでかわすも、着地した直後に男の拳が炸裂《さくれつ》した。両腕で防いで直撃は避けるが、背後の樹木にしたたか背を打ちつけてよろめいた。

その隙を、男が見逃すはずがない。

拳のラッシュ、ラッシュ、ラッシュ――サンドバッグのようになった女に、男は渾身《こんしん》の一撃を蹴り入れる。食らった女はダンッ、ダンッ、ダンッ、と地面を転がり、そのままじっと動かなくなった。

「立ちな……っつっても、もう無理か。最後のは完璧に入ったからな」

倒れた女に、男は言った。

「いくら頭巾の力を借りても埋められないものがある。哀しいかな、あんたの技は軽いんだよ。体重がない分な」

男は女のほうへと歩み寄る。

「これはありがたくいただくぜ」

そしてその頭巾へと手を掛けた――そのときだった。

「待ちな」

声のほうに目をやると、老婆がそこに立っていた。

男はわざとらしく目を丸くした。

「おぅおぅ、やめときな。満身創痍《まんしんそうい》のあんたなんかに、いったい何ができるっていうんだい」

「見くびってもらっちゃ困るね。これでも昔は不死身だなんて言われてた時期もあってねえ」

直後、老婆の姿がその場から消え去った。

いや、そう錯覚するほどのスピードで男のほうへと猛烈に迫っていた。不意を突かれた男は、老婆の一撃を真正面からまともに食らった。血飛沫《ちしぶき》が飛んで転倒する。

「ちょっくら借りるよ」

老婆は横たわる女の頭に手を差し出した。そして頭巾を取ると、自らの頭にポンと被せた。

次の瞬間、老婆の身体に変化が起きた。みるみるうちに肌にハリが出はじめて、急激に若返っていくではないか。そこにいたのは、肉体のよみがえった老婆だった。

「行くよ」

老婆は、トンッと地面を蹴った。

男は立ち上がって老婆の姿を見定めようと目を凝《こ》らした。しかし、動きにまったくついていけず、気づいたときには男の傍に老婆がいた。

あっと思う間もなく、老婆はスンと沈みこむ。

次の刹那《せつな》、強烈に下から蹴り上げられた老婆の踵《かかと》が、男の顎《あご》を直撃していた。

男はそのまま宙を舞う。

老婆は自らも跳躍し、まだ落ち切らない男の顎に今度は拳をお見舞いした。そして再度素早くしゃがんで飛翔すると男の髪を宙で掴み、一転してオオオッと地面に向かって全体重を右手に預けた。

ズドンッ、という音がしたときには、男はすでに頭から地面へと叩きつけられていた。

土煙の晴れたあと、男は白目を剝《む》いて倒れていた。もはや、ぴくりとも動かなかった。

しばらく経って、老婆はコキッコキッと肩を鳴らした。

「はあ、久々に動くと疲れるねぇ」

頭巾を脱ぎつつ男のもとから離れると、女のほうへと歩み寄る。そして頭巾を女の頭に被せた頃には、老婆は元の姿に戻っていた。

「おばあ……ちゃん……？」

やがて目を覚ました女が言った。

「だいじょう……ぶ……？」

老婆は笑って口にした。

「それはこっちのセリフだよ」

「あいつは……？」

「ほれ」

指の先には、男が転がされていた。

「じゃあ……」

「まったく、まだまだ修業が足りないねぇ」

女は泣きそうな顔になる。

「ほら、そんな顔をしてないで。ちゃんと生かしておいたから、後始末っ！」

「は、はいっ！」

老婆の前で、女はまるで少女のような扱いだ。

女は男のもとへと近づいた。そしてその姿を見下ろしながら呟いた。

「私たちは好きで頭巾を被ってるわけじゃない。この呪われた頭巾は、正しく扱わないと悲劇を招くの」

女は語った。

飢えた頭巾は、血にありつきたいがために人に過大な力を授ける。そうして力を得た人間は誰かを傷つけ、その血を頭巾に与えるのだ。しかし、力に溺《おぼ》れた人間は、次第に頭巾に蝕《むしば》まれだす。やがて暴走した人間は虐殺に手を染め、無辜《むこ》の民の命を奪う。

「そうならないように頭巾とうまく共生するのが、私たちに課された使命。そのためには、適度に血を与えないといけないの。同じ血なら、どういう人間の血を与えるべきか……考えるまでもないでしょう？」

女が悲しげな目を見せたのは束の間のことだった。

「ごめんなさいね」

女は頭巾を手に取ると、脱いだそれを男の頭にすっぽり被せた。

その直後のことだった。男の見た目が大きく変化しはじめた。

身体からはどんどん血の気がなくなって、全身が急に青ざめていく。そのまま白さを帯びてからも変化は止まらず、やがて皮膚は褐色となって皺《しわ》が寄りだす。皺は増えて深くなり、男はついにカラカラに乾いた姿となった。

「おばあちゃん、終わったよ」

女は老婆のほうを振り向いた。

そして再び頭巾を被る。

鮮血を吸って火照《ほて》らんばかりに真っ赤に輝く、トレードマークのその頭巾を。

101　赤い頭巾（赤ずきん）

Episode 6

草原の少女

（人魚姫）

秋風が吹き抜けると、おれは言った。

「十年前と変わってないなぁ、この道も」

木漏れ日が、山道に陽だまりをつくっている。

「ごめんね。この季節に行く場所っていったら、ここくらいしか思いつかなくて……」

そう言って、後ろを振り向く。スニーカーにパーカー姿の彼女が涼しげな笑みを浮かべながら、首を小さく横に振る。

「休憩する？」

尋ねると、彼女はまた首を振った。

「そっか、じゃあ……」

前を向き、おれは再び歩きはじめる。山道を、二人でゆっくり進んでいく。

ときどき振り返って視線を交わすほかは、会話なども特にない。

無言がつづくと、一度は収まっていた緊張がこみあげてくる。

「そういえば、いまから行く場所のこと、あんまり話してなかったよね」

おれは歩きながら口を開いた。

「このへん、昔よく遊びにきてた場所なんだ。春になると親と山菜を採りにきたり、夏になると友達とクワガタを捕まえにきたり、秋になるとドングリを拾いにきたり。秘密基地もつくったりして、その基地があったのがこの先に広がってる草原——潮見ヶ原《しおみがはら》っていう場所だったんだ」

おれはつづけた。

「草原の道を外れて、横に入っていってさ。草を踏み固めて空地をつくって、持ちこんだ段ボールを敷き詰めて。知ってるかな？　潮見ヶ原はススキで有名なスポットで、この季節になると一面がそれは見事な黄金色《こがねいろ》に染まるんだ。そんなススキをど真ん中で味わえるのが、草原の中の基地でさ。

ススキは風に吹かれていつもきれいに波打ってた。基地の中で寝そべって揺れるススキを眺めてると、なんだか黄金色の海にでもいるような気分になったんだよねぇ……」

言いながら、おれは彼女の表情を窺《うかが》った。心なしか笑顔が薄れたような気がして、退屈じゃないだろうかと不安になった。

「それでさ、そのススキのことで不思議な思い出ばなしがあって。ススキの波を眺めてると無性に飛びこみたくなって、ダイブするみたいに入っていっては走り回ったりしてたんだけ

ど……」

興味を持ってもらえるだろうか。

そう思いながらも、おれは語った。

「そんなとき、どこからともなく声が聞こえてくることがあったんだ。『おーい』って。立ち止まってあたりを眺めると、また声が聞こえてくるんだ。『こっちだよー』って。

しばらくきょろきょろしていると、やっとその声の主が見つかって。少し離れたところから、同い年くらいの少女が手を振ってきてるんだ。

それでそっちに駆けていくんだけど、同時に少女も駆けだして、すーっと離れていくんだよ。

『ねぇーっ』

透き通った声で少女は言うんだ。

『ほら、捕まえてみてよーっ』

おれは必死にススキをかき分けて走ってく。だけど、少女は速いのなんのって。まるで波間を泳いでるみたいで、やっと追いついたかと思うとすぐ引き離されて。

少女は青空に声を響かせながら笑うんだ。

『そんなんじゃ捕まらないよーっ』

ムキになって追いかけても、やっぱりダメで。

きみは誰なの？　どこから来たの？

そう尋ねても答えてくれなくて、結局、走り回ってるうちにいつしか少女は消えていて、仕方なくおれは秘密基地に戻ってくんだ。

少女はときどき、自分のほうから近づいてくることもあった。

『ねぇ、何やってるの？』

基地の中で漫画なんかを読んでると、そんな声が突然聞こえてくるものだからびっくりしたよ。慌てて見ると、ススキの間から少女が顔を覗《のぞ》かせてて。

『じゃあねーっ』

言うが早いか、少女はススキの奥へと消えていく。おれは慌てて追いかけて、そうしてまた永遠に鬼から抜け出せない少女との鬼ごっこがはじまるんだ。

少女を見失ってきょろきょろしてると、後ろから肩を叩かれたりしたこともあったなぁ。振り向くと少女はもう遠くに逃げていて、肩を触ると引っ付き虫がたくさんついてて。やったなって声をあげると、少女はクスクス笑いながら、またどこかへ消えていくんだ。

やがて秋の終わりが近づいてきてススキも枯れはじめると、少女と出会うことはなくって。おれも秘密基地を引き払って、冬の間は潮見ヶ原から遠ざかる。

もう二度とあの少女とは会えないのかなぁなんて、そんなことを漠然《ばくぜん》と考えながら冬を迎えて、いつしか春が訪れて、夏が来る。そうしてまた黄金色の季節になると、少女と再会することになる。

『おーいっ』

その声で、捕まらない少女を追いかけ回す日々が再開する――。

でも、じつは一度だけ、もう少しってことがあってさ。

あれは忘れもしない小学六年生の秋。

そのころになると成長して足も速くなってたおれは、少女との距離が昔よりずいぶん縮まるようになっていた。特にその日は絶好調で、少女もこっちをからかう余裕がほとんどないほど、必死に逃げ回ってたのを覚えてる。

それで、少女との距離が三メートルほどに迫って、二メートルほどになって、ついに一メートルほどになったとき、おれは不思議な光景を目にしたんだよ。

少女の足元にふと視線を落としたら、ススキの間に彼女の足は見当たらなくて、代わりに銀色に光るものが見えたんだ。

おれは思わず立ち止まった。その隙に彼女は距離を広げて、ずいぶん遠くに行ってしまった。

『捕まえてみなよーっ』

おれはその声よりも、いま見たもののほうが気になって仕方がなかった。

少女の足元で銀色に光っていたそれは、たしかに尾ビレのように見えたんだ。そう――少女はまるで人魚のような姿をしてたんだよ。

でも、おれはすぐに首を横に振った。人魚なんているはずがないし、もしいたとしても、海ならまだしも草原になんているわけがないでしょ？　ただの錯覚だったんだと、自分に言い聞かせたんだ。

そうこうしてる間にも、少女はさらに遠くへ行って声をあげた。

『じゃあねーっ』

クスクス笑って逃げていって、そのまま消えて見えなくなった。

少女と会ったのは、それが最後になっちゃってさ……。

ていうのも、おれ、その次の春に都会の町に引っ越したんだ。

新しい友達もすぐにできて、魅力的な遊びもたくさん覚えた。おれは少女のことなんかすっかり忘れて、この町のことも長いあいだ頭をよぎることはなかった。

次に思いだしたのは、大学を卒業して就職してからのことだった。仕事に忙殺《ぼうさつ》されて、このままじゃもたないなって会社を辞めて。そのときに、生まれ育ったこの町に帰ってきたく

なったんだ」

おれは、ここ一か月のことを思い返した。

アパートを借りて、近くの小料理屋に入ったときのこと。

「見かけない顔だね」

そう話しかけてきたのは、店主のおやじさんだった。

「最近このあたりに引っ越してきたんです。昔、この町に住んでいて」

そう答えると、店主は言った。

「近ごろは若い人も減ってねぇ。ゆっくりしてってよ」

そしてその店で働いていたのが彼女だった。

「この子はしゃべれないんだけど、がんばり屋さんでさ。よかったら、仲良くしてやって」

紹介されて彼女はぺこりと頭を下げ、紙にペンで挨拶の言葉を書いたのだった。

それから店に通ううちに、おれは少しずつ彼女に惹《ひ》かれるようになっていった。筆談での会話からも優しい人柄が窺《うかが》えて、一緒に過ごす時間はすっかり日々の癒しとなった。

そんなある日、店主がこう言ったのだった。

「お客さん、この子をデートに連れてってあげてよ。二人は同い年くらいだろ？」

いきなり何を言いだすんだという焦りと、チャンスだという気持ちが相まって、おれはしどろもどろになった。

その間に、店主が一方的に決めてしまった。

「それじゃ、よろしく頼むよ」

彼女を見ると、どういう気持ちなのか静かに微笑《ほほえ》みを浮かべていた。

そうして、おれたちはこの場所へとやってきた。


「おっ！　着いたっ！」

最後の角を曲がると、視界が開けた。

潮見ヶ原は一面が黄金色に輝いていて、波のように揺れていた。

その真ん中を通る道を歩きながら、おれは言った。

「ほんと、変わってないなぁ……」

ふと道端の岩が目に入り、記憶が突然よみがえってきた。

「そうそう！　これが基地の目印だったんだ！」

まるでタイムスリップしたかのような気分になる。

「ここから中に入ったところに、いつも基地をつくってたんだ！」

目を凝《こ》らせば、いまでもススキの中に少女が見えるんじゃないかと思った。耳を澄《す》ませば、その声が聞こえてきそうだった。

おれはぽつりと呟《つぶや》いた。

「思えば、あれが初恋だったんだろうなぁ……」

そうして彼女のほうへ目をやったときだった。その思いつめた顔に気がついて、ハッとなった。

「えっ、どうかした？　大丈夫？」

おれは急速に後悔した。

初デートで初恋の話なんてするものじゃなかったか——。

けれど、そのことを詫《わ》びても彼女は首を振るばかりで、何が何だか分からなかった。

そのときだ。

彼女が急に駆けだしたから驚いた。それも岩のそばを通り抜け、草原の中にそのまま入っていってしまったのだ。

「ちょっと、どうしたの!?」

虚をつかれながら、おれは彼女を追ってススキの中へと入っていった。

彼女は黄金色の波の間を走っていく。すでにずいぶん遠くに見える。

「待ってって！」

そう言った直後、おれは既視感に襲われた。

走る少女。追いかける自分……。

そうだ。彼女の後ろ姿には見覚えがある。

おれは動悸《どうき》がしはじめる。

次の瞬間、彼女が立ち止まってこちらを向いた。そして口を動かした。


――捕まえてよっ！


声が聞こえることはなかった。なかったけれど、そう叫んだのだと自然と分かった。

彼女は再び駆けだした。

その瞬間――なぜだかおれの頭に人魚姫の童話が浮かんできた。

王子に恋した人魚姫は、声と引き替えに二本の脚を手に入れる。しかし恋は報われず、ついには泡となって消えてしまう。

いろいろなことが交錯する。

あの日見た、銀色に輝く少女の尾ビレのようなもの。

しゃべることのできない彼女。

「もしかして、あのときの……？」

呟いたあとで確信する。

ススキの波間の人魚姫――。

おれは急いで駆けだした。

理屈などはどうでもよかった。

ススキをかき分け疾走した。

自分は王子なんかじゃないけれど。

秋風がびゅうっと吹き抜けた。

彼女を失いたくはない――。

おれは一気に距離を縮めて手を伸ばす。その手で彼女の手を摑《つか》む。

彼女はやっと立ち止まり、ゆっくりこちらを振り向いた。涙で頬は濡れていた。推し量るような瞳に射られる。

おれは有無を言わさず彼女をぎゅっと抱きしめた。

そして肩で大きく息をしながら一気に言った。

昔は逃げられっぱなしだったけど。

一度も追いつけやしなかったけど。

「やっとだね。やっときみを捕まえられた」

Episode 7

豆の木マンション

（ジャックと豆の木）

ジャックが唐突に話しかけられたのは、仕事の帰り道でのことだった。

「そこのきみ」

振り向くと、夕焼けに逆光になってひとりの男が佇《たたず》んでいた。

「きみには夢があるかな？」

いきなり聞かれ、ジャックは少々面食らった。初対面の男に、それも道端なぞで、そんなことを聞かれるとは思ってもいなかった。

しかし、少しの沈黙のあと、不思議と言葉がついて出ていた。

「夢ならあります。いつか母に家を買ってあげることです」

「ほう……」

男は興味深げに目を細める。

ジャックは、ビルやマンションの内装工事を手掛ける会社に勤める青年だった。アメリカ人の父親と日本人の母親を持ち、この日本の田舎町ですくすくと育った。

しかし、彼が小学生のときに両親が離婚した。そしてそれを機に生活も一変してしまう。

母親と二人で町外れのあばら屋に住むことになり、お世辞にも裕福とは言い難い暮らしを送ることになったのだ。

ジャックは中学校を卒業すると同時に、いまの会社に就職した。中学の教師からは進学を強く勧められていた。町一番の進学校にも軽く合格できる力がある。そう言われもしたのだが、ジャックは首を縦には振らなかった。少しでも早く家計を助けたい。母親を楽にしてあげたい。そんな思いゆえの選択だった。

そのジャックが夢を聞かれ、母親に家を買うことを挙げたのは、じつに自然なことだった。

「おもしろい」

男は微笑《ほほえ》みながら口を開いた。

「ここに魔法の豆がある。これをきみに差し上げよう」

「魔法の豆？」

「ああ、これがあればきみの夢が叶《かな》う……かもしれないね」

ただし、と、男はつづけた。

「その代わり、きみが一番大切にしているものをもらおうか。要は交換ということだね。どうかな？」

普通なら、そんな怪しげな申し出に応じるはずがないだろう。魔法だなんて眉唾物《まゆつば》だし、

男の正体も分からないのだ。

しかし、人を疑うにはジャックはあまりに純粋だった。彼の頭の中には、すでに母親の喜ぶ顔が浮かんでいた。

ジャックは言った。

「分かりました。では、これと交換するのはどうですか？」

彼は着ていたものを脱ぐと、男に渡した。

「これは？」

「父からもらったジャケットです」

牛革のそれは父親が昔よく着ていた代物《しろもの》で、父親と離れ離れになってしまう最後の日、ジャックがねだって譲り受けたものだった。身体《からだ》が大きくなってからは愛用品となっていたが、これと引き替えに長年の夢が叶うならと、彼は迷わず差しだしていた。

男は何も言わず、しばらくジャケットをしげしげと見つめた。そして言った。

「いいだろう。取り引き成立といこうじゃないか」

こうしてジャックは魔法の豆を手に入れた。

「その豆は広い場所に蒔《ま》いてみることをオススメするよ」

そう言うと、男は風のように去っていった。

家に帰り、ジャックはさっそく母親に事の顚末《てんまつ》を報告した。

「母さん、すごいものを手に入れたよ！」

母親は一部始終を聞くと溜息《ためいき》をついた。

「そんな話を信じたの？　まあ、あなたらしいと言えばそうだけど……」

母親は彼の小さい頃を思い返す。

昔から、ジャックはしょっちゅう友人たちから揶揄《からか》われていた。彼があまりに嘘を信じてしまうからだ。

透明な練り消しを見せてあげるよ。そう言って、友人は握った手を開いてジャックに見せる。そこには何もないのだが、友人は「透明だから見えないんだよ」などとジャックに嘯《うそぶ》く。するとジャックは「すげぇ！」と叫び、すっかり興奮してしまう。

近所の池で六十センチのザリガニを釣った。サンタからサインをもらった。鯉のぼりが空を泳ぐ姿を目撃した。

そのすべてをジャックは信じ、母親に目を輝かせて報告した。

そんなジャックに彼女は内心で苦笑しつつも、決して否定したりはしなかった。よく言えばそれが彼の素直さであり、吸収力だと思ったからだ。もっとも、友人たちは何でも簡単に信じるジャックにやがて飽き、それに伴い母親もジャックから妙な報告を受けることもなく

なっていたのだが。

しかし、いい歳をした息子からこうして再び妙な話を聞かされて、母親は呆《あき》れ果てた。おまけに大事にしていたものまで手放して、いったい何を考えているのだろうと閉口した。

「ジャケット、よかったの？」

「うん、それより大事なものがあるからさ」

それだけ言うと、ジャックは草が茂る空地のような広い庭のほうへと嬉しそうに出ていった。母親のことを思ってしたことだったと言わないあたりが、ジャックの美徳のひとつである。

その翌朝だ。ジャックが母親にたたき起こされたのは。

「ジャック！」

身体を揺すられ、半開きの目で彼は時計に目をやった。

「なに？　まだ起きる時間じゃないじゃない……」

「のんきなこと言ってないで！　早く来て！」

「もう……」

眠気がすべて吹き飛んだのは、急《せ》かされて庭に出てみてからだ。

「なにこれ……」

ジャックは呆然《ぼうぜん》と立ち尽くした。

そうなったのも当然だった。

前日までは何もなかった空間に、数十メートルはあろうかと思われるほどの巨大な木が聳《そび》え立っていたのである。

いや、木と呼んでいいのかは分からなかった。緩やかに螺旋《らせん》を巻きながら天に伸びるその植物は、木の感じとは程遠い鮮やかな黄緑色をしていた。枝もなく、代わりに蔓《つる》のようなものがところどころから生えている。しかし、草と呼ぶには幹があまりに太すぎた。周囲も何十メートルはあるだろうか。

そのとき、ジャックは植物の根元に穴を見つけた。それは人の背丈《せたけ》ほどの大きさで、何だろうと近寄ってみた。

そして彼は目を瞠《みは》った。穴の中に階段のようなものを見つけたのである。それはどうやら植物の中を上へとつづいているようで、ジャックは好奇心を刺激された。

「ちょっとジャック！　何やってるの!?」

大声をあげる母親に、ジャックは言った。

「いや、上にのぼれるみたいだからさ」

「大丈夫なの!?」

「それをたしかめに行くんじゃない」

植物の中に足を踏み入れると、中は意外なほどに明るかった。幹を透かして光が入ってきているらしい。

一歩一歩、注意しながらのぼっていくと、階段の途中で不意に横穴が現れた。その先にぽっかり空いた空間は、ざっと見た感じでも六十平米ほどはあった。

「すごい……」

ジャックは思わず口にした。

階段をさらにのぼってみると、同じような空間は全部で十も見つかった。

「まるで十階建てのマンションだ……」

同時に思う。この横に空いた空間は、マンションの部屋そのものだ――。

植物から出ると、ジャックは見たままのことを母親に話した。

そして、こんなことを口にした。

「ねぇ母さん、ここに住もうよ！」

「ええっ!?」

ただでさえ状況が呑みこめない母親は、ジャックの提案に頭の整理が追いつかず、めまいがした。

「母さん、ぼく思うんだ。これは天からの贈り物じゃないかって。神様がぼくたちに新しい家をくれたんだよ！」

「でも、住むっていっても、そんな何もないところに……」

「ねぇ、ぼくを誰だと思ってるの？」

ジャックは目を輝かせる。

「ああ！　きっとぼくは、この日のために内装の仕事に就《つ》いてきたんだ！」

その日から、ジャックは空いた時間で植物内の工事に勤《いそ》しむ毎日を送りはじめた。

空間自体はすでにある。ジャックはそのひとつ、最上階のところに部屋の仕切りを作ったり、床を張ったり、壁紙を貼ったり。居住用にどんどん改装していった。

業者に頼んで強度を測定してもらうと、植物は驚くほど頑丈なことも分かった。ジャックは入念な計算に基づいて外側の壁に穴を開け、そこにガラスをはめこみ窓にした。調査をすると、植物は地中深くまで根を張っていて、抜群の耐震強度を誇ることも判明した。

町ではすぐに噂になった。こんなどでかい代物がある日とつぜん現れて、騒がないほうが変だろう。

人々は代わる代わる、ジャックのもとへ訪れた。

「これはいったい何ですか……？」

「マンションですよ！」

ジャックは声を弾《はず》ませる。

「ほら、入口にもちゃんと書いてあるでしょう？」

指差す先、植物の入口には《豆の木マンション》というプレートがついている。

「ははあ……」

人々は興味深げにその成り行きを見守った。

住むにあたって、ジャックはガスと電気を引いてくる大がかりな工事をしなければならなかった。が、水道だけは違っていた。植物が根から吸いあげる水を利用することができたのだ。

この、中を通る水のおかげで、部屋の壁は天然の断熱効果を有することも後に分かった。夏は涼しく、冬は暖かい環境が自《おの》ずと整うのである。

やがて最上階の部屋が満足いくものに仕上がると、ジャックは母親を連れて豆の木マンションに引っ越した。そのころには階段に沿って小型のエスカレーターのようなものもできており、昇り降りで苦労することもなくなっていた。

「いい眺めねぇ……」

母親は部屋の窓から外を眺めて呟《つぶや》いた。そこに立てば、遠くのほうまで町を見渡すこと

ができた。

「こんな素敵な部屋に住める日が来るなんてねぇ……」

「気に入ってくれた？」

「そりゃあ、もちろん！　罰が当たらないか不安なくらいよ」

母親の言葉を、ジャックは何度も噛みしめた。厳密に言えば、これは自分が買った家ではない。けれど、自分の行いがきっかけとなりプレゼントができたという意味では、夢が叶ったのと変わらない。

幸福そうな母親を見て、ジャックもまた幸福だった。

ジャックたちが豆の木マンションで暮らしはじめて、しばらくしてのこと。町の人が彼らのもとへとやってきた。

「あの……部屋を見せてもらえませんか？」

「いいですよ」

ジャックは快く自室の中へと迎え入れた。

その人は一通り感心したあとで口にした。

「他の部屋はどうなっているんです？」

「それがじつは……」

ジャックは苦笑を顔に浮かべる。

「いつでも住めるように最低限の工事だけはしたんですが、それ以上はこの部屋を仕上げるだけで手いっぱいで……」

それを聞き、その人は言った。

「賃貸には出さないんですか？」

「賃貸!?」

思ってもみなかった言葉に、ジャックは小声で叫んでしまう。

「賃貸なんて、そんなそんな……」

「ぜひ出してくださいよ！　ここに住んでみたいんです！」

「ええっ!?」

「ね？　お願いです！　家賃はこれくらいでいかがです？」

その人は値段を口にした。それはジャックの月給の半分ほどもあり、思わず言葉を失ってしまった。

そんなジャックに、その人は畳みかけるように言った。

「ダメですか？　では、もう少し上乗せしますから！」

「いや、その……」

彼は気圧《けお》され、思わず答えた。

「さ、さっきの価格で十分です！」

「わあ！　それじゃあ貸してくださるんですね！　ありがとうございます！」

豆の木マンションにジャック以外の人が住みはじめたのは、このときからだ。

以来、マンションへの入居希望者はどんどん増え、一か月もするころには残りの部屋もすべてうまってしまった。

「母さん、どうしよう……」

事の大きさに、ジャックは怯《ひる》んだ。家賃収入だけで給料の何倍ものお金が入ってくることになったのだ。いわゆる不労所得というやつで、まるで金の卵を産む鶏を手に入れたように、ジャックは働かずとも安定した収入が得られるようになったのである。

「どうもこうも」

母親は言った。

「みなさんに快適に住んでもらえるよう、努力するだけじゃない」

やがてジャックは、内装の仕事を辞めることを決意する。無論、仕事が嫌になったわけではない。マンションの管理業に専念するほうが、自分にとってもみんなにとってもよいだろうという判断だった。

職場の人たちも、円満に送りだしてくれた。

「おれもいつか、住ませてくれよっ」

そんなことを言ってくれる人までいて、ジャックは心底ありがたいなぁと思ったものだった。

こうしてジャックは仕事を辞めて、マンションのオーナー兼管理人の立場となった。

彼は不労所得に甘んじることなく、管理業務に勤しんだ。それは彼の誠実さが根底にあってのことだったが、もうひとつ、別の理由も胸にあった。

元をただせば、このマンションは自分の一番大切なものと交換してできたものなのだ。

その事実は、ジャックの気を引き締めさせた。そして彼が父親のジャケットに注いでいたのと同様の愛情を、マンションとその住人たちへと注がせた。

ジャックは率先して働いた。

ゴミ出し、掃除、各種機器のメンテナンス。

その合間を縫《ぬ》って、彼はあることにも着手した。

それは、この巨大植物の研究だ。

ジャックのもとには、自分も豆の木マンションに住みたいという声が連日のように寄せられていた。しかし部屋の数には限りがあり、その期待に応《こた》えられてはいなかった。

そこで彼は、なんとかして同じ植物を増やせないだろうかと研究をはじめたのである。

実が見つかれば早いのだがと、ジャックは足場を組んで植物の側面を丹念《たんねん》に調べていった。しかし、事はそう簡単には運ばなかった。植物は、ところどころに小さな紫色の花を咲かせてはいた。が、いくら観察をつづけてみても、それらが実をつける気配はまったくなかった。

これは実をつけない植物なのかもしれないなと、ジャックは思った。だとしたら、増やす手段はないのだろうか……。

諦めかけていたジャックがヒントを得たのは、ある日のことだ。自室でテレビを眺めていると、とある研究のことが紹介されていたのである。

それは、植物の組織から細胞を取り出して培養する、組織培養と呼ばれるものについての特集だった。番組では、植物から取りだした細胞を試験管の中で育て、元の植物と同じように生長させていく過程が流されていた。ランなどの栽培ではすでに実用化されており、この手法を使えば種がなくともクローン植物が作れてしまうということだった。

これだ、とジャックはすぐに確信した。そして詳しいことを調べだした。

その日を境に、ジャックは独学で生物学を学びはじめた。図書館に頻繁《ひんぱん》に足を運んでは専門書を読破していき、ネットで文献を探してきては夜遅くまで読みふけった。彼生来の吸収力が遺憾《いかん》なく発揮され、ジャックはどんどん専門的な知識を得ていった。

獲得したのは知識だけではない。貯金を投じて様々な実験を繰り返す中で、彼は生きた知見も身に付けていった。ときには大掛かりな実験設備が必要なこともあった。そのたびに、彼は企業や大学に掛けあって設備を借りて研究に励んだ。

そしてついに、ジャックは巨大植物の培養に成功する。培地に芽吹《めぶ》いたその植物体を、彼は急いで庭の空いたスペースに植えた。

その翌日、植物体はみごと巨大植物へと生長していた。

ジャックは快哉《かいさい》を叫んだ。

「豆の木マンション二号棟の完成だ！」

募集を掛けると部屋は瞬く間に満室となり、ジャックはすぐさま三号棟の育成に着手した。ただ、庭にはそれ以上のスペースがなく、彼は銀行でローンを組み、新たに土地を買うことにした。銀行は優良案件ということで、ジャックに低金利で融資した。

豆の木マンションは次第に数を増やしていったが、そんな中でもジャックはやみくもに規模を拡大したりはしなかった。植物同士が密集していると土地が痩せ細ってしまいかねない。それを懸念《けねん》し、計画的な拡大を心がけた。

この動きを、世間が見過ごすはずもない。

豆の木マンションはメディアに何度も取り上げられ、次世代のマンションだと注目を集め

た。経済誌ではジャックにフォーカスした特集が組まれ、彼は有力誌が選ぶ〝未来を作る世界の百人〟に選出されたりもした。

しかし、いくら財をなそうが、著名人と知り合おうが、ジャックは初心を忘れなかった。豆の木マンションの家賃は良心的な価格のままで、特に母子家庭には敷金・礼金も取らずに部屋を貸した。

世間は、豆の木マンションの次なる展開に注目した。

特に、海外進出はみなの関心の的となっていた。

あるとき、少年は道端でひとりの男と出会った。少年は貧困な地域に生まれ育ち、貧しい家族のために幼いころから身を粉《こ》にして働いてきた。

異国から来たと思しきその男は、唐突に少年に尋ねた。

「きみには夢があるかな？」

いきなりのことで、少年は少し戸惑った。しかし、次の瞬間にはこう言っていた。

「家族のために、でっかい家を建てるんだ」

男は一瞬目を見開いて、やがて微笑みを浮かべて言った。

「そうかい。ならば、きみにうってつけのものがある」

男はガラス瓶を差しだした。その中には何かの植物が入っている。

「これは何？」

「夢を叶える魔法の苗さ」

そして男は口にする。

「どうだろう。きみが一番大切にしているものと、ぜひ交換してみないかい？」

Episode 8

町長の像

（幸福の王子）

元は醤油屋《しょうゆや》だったという建物の横には古びた路地があって、そこを抜けると石の階段が現れる。両側からは茂った樹々が覆《おお》いかぶさり昼間でも薄暗く、人を拒むような雰囲気が漂っている。

苔《こけ》むした石段を上っていった先には小さな公園があり、そこに立つと、町の全貌《ぜんぼう》を見渡すことができる。

木造の家屋が並ぶ住宅地。広い校庭を持つ小学校。鈍い光を放つ川。

山の斜面にはミカン畑が連なっていて、海に反射する光を受け止めている。漁船が小さな港へ入っていく様子も遠くに見える。

その光景を前にして、一体の銅像が建てられていた。それはかつて名物町長と呼ばれた人物を敬して鋳造《ちゅうぞう》されたものだったが、いまでは町に彼を知る者はいなかった。

青錆《あおさび》が、しかつめらしい顔におどろおどろしい印象を加えている。子供どころか、大人さえも近寄り難い空気を放っていた。

あの像が妙な光を纏《まと》っているのを、近ごろ誰かが見たらしい。

過疎が進んだ町でそんな噂が立とうものなら、なおのこと気味悪がって近づく者などいやしない。だから、像が宿した不思議な力に気づいた者も、自然と誰もいなかった。

その町に住むある老女は、ぼんやりと植木に水をやっていた。夫に先立たれてからはすっかり気力も衰えて、塞《ふさ》ぎがちな生活を送っていた。

おしゃべりだったお向かいさんも、ひと月前に亡くなった。葬式には彼女の子供や孫がやってきて、老女にとってはそれが人の賑《にぎ》わいに触れた最後だった。

老女は勝手口から家に入る。買ってきた総菜《そうざい》をテーブルに広げ、テレビを流しながら割箸でつつく。

そのときだった。

「帰ったぞ」

玄関の扉が開いたような音がして、誰かの声が聞こえてきた。

回覧板でも回ってきたか。一瞬そう思ったが、そんな習慣はもう何年も前になくなっていたと思い直した。

だったらいまのは――。

老女は最初に浮かんできて、すぐに打ち消していた考えを持ちだした。

あの扉の開け方、しゃがれた声、それは亡くなった夫のものにそっくりだったのだ。

そんなはずがあるわけないと思いながらも、老女は玄関先まで出ていった。そこには誰の姿も見当たらず、扉も開いてはいなかった。

ただの錯覚だったのだろうか。

そう思ったが、なんだか駆られるものがあり、老女は外へと出ていった。そして導かれるように家の隣の建物の前までやってきた。そこは大工をしていた夫が、生前、作業場として使っていた場所だった。

老女は扉をそっと開いた。薄暗がりに、平板や角材などが手つかずのまま残っていた。やはり誰もいなかった。いなかったのだが、次の瞬間、老女の目にはどういうわけか元気だったころの夫の姿がありありと浮かんできていた。

仕事着に身を包んだ夫は、木材に鉋《かんな》をかけていた。薄い木屑《きくず》がくるりと巻かれて地面に落ちて、檜《ひのき》の香りが立ち昇る。夫が木肌《きはだ》を手で触り、その滑らかさをたしかめる。

不意に、カン、カン、カン、という鈍い音が聞こえてきた。振り返ると夫が鑿《のみ》に槌《つち》を当て、木に溝を掘っているところだった。慣れた手つきでカン、カン、と鑿を打つ。破片が周囲に飛んでいく。

今度は鋸《のこぎり》の音がした。視線を移すと夫は丸太に足をかけ、手にした鋸を引いていた。丸

太はあっという間に二つに切れて、きれいな断面が現れる。位置をずらし、夫はまた鋸を入れる――。

ハッと気づいたときには、老女はひとりで作業場に佇《たたず》んでいた。

夕陽が窓から差していた。

彼女は改めて作業場を見渡した。ごちゃごちゃしているなぁと、今更ながら彼女は呆《あき》れた。

夫は片づけができない人だった。放っておくと作業場も汚くなる一方で、よく工具なんかを勝手に整理してたっけ。

老女は次第に、心の底から沸々と気力が湧きあがってくるのを感じはじめた。

よし、今日からここを片づけよう。勝手にいじって怒る人も、今はもういないことだし。

老女はひとり、腕まくりする――。

その日の夜、公園の銅像は纏った光を僅《わず》かばかり失った。

しかし、それに気づいた者はいなかった。

同じ年の盆のこと、町に子供がやってきた。親に連れられ、祖父のところに久しぶりの帰省をしたのだ。

しかし子供は、家に着くやさっそく携帯ゲームを取りだした。そして祖父との会話もそこ

そこに、ひとりゲームの世界に夢中になった。

そんな子供に閉口しつつも何も言わず、父親は居間に寝そべりうたた寝をはじめた。

と、いきなり子供が口を開いた。

「ねぇ、お父さん」

「……ん？」

父親は、目をしょぼしょぼさせながら顔を上げた。見ると、子供はあれほど熱中していたゲームを放り、こちらに身を乗りだしている。

「銅山に連れてってよ！」

「えっ？」

「銅山だよ！　あるんでしょ!?」

父親は困惑した。

この町の外れには、たしかに銅山の跡地がある。かつては栄《さか》えていたものの、自分が子供の頃にはすでに廃鉱になっていた場所だった。

昔はよくそこへ行き、落ちてる岩で遊んだなぁ。

「いいけどさ……でも、あそこの話なんかしたことあった？」

記憶の限り、子供に話したことなどなかったはずだ。当の自分が、もう長いあいだ忘れて

いたくらいなのだ。

「ねぇ、いいから早く！」

分かった分かったと腰をあげ、二人は一緒に外へ出た。

しばらく歩き、住宅地の裏にある小高い丘を上っていく。

その場所は昔と変わらずそこにあった。あたりには、大小様々な尖《とが》った岩が転がっていた。

「ほら、見てみなよ」

父親はそのひとつを拾いあげて子供に見せた。

すると子供は声をあげた。

「うわあ……」

鼠色《ねずみいろ》の岩を覗《のぞ》きこむと、表面がラメのように光っていたのだった。

けれど父親は、笑って言った。

「こんなのは序の口だよ」

彼は岩を地面に置いた。そして持ってきた金槌《かなづち》を取りだして、力をこめて岩を叩いた。鈍い音がし、ぐじゅっと崩れるようにそれは砕ける。

割れた欠片《かけら》を順に見ていた父親は、しばらくたって声をあげた。その手のひらには、赤茶色に輝く粒が置かれていた。

「あったあった、これが銅だ！」

「えっ⁉　銅って、あの⁉」

子供は目を輝かせて粒に見入った。

「きれいだろう？　昔はみんなでこれを探して遊んだんだよ。大きなものを持ってるやつに憧れてね」

けれど、いまでこそ父親は知っていた。実際のところ、その赤茶色の粒は銅ではないということを。しかし、そんなことはどうでもよかった。彼らにとって、それはたしかに銅だったのだ。

父親は言う。

「どっちが大きい粒を見つけられるか、勝負する？」

「やるっ！」

子供も金槌を手に取って、手ごろな岩から砕きはじめる。

しばらくたって、子供は叫ぶ。

「見つけた！」

「どれ？　いやあ、まだまだ。お父さんのやつのほうが大きいな」

「……探す！」

子供はまた岩を砕く。

その必死な様子に微笑《ほほえ》みながら、父親はなんだか不思議な感覚に包まれていた。

目を閉じると、昔の友達が周囲にいるような気がしていた。明日もまた、みんなで一緒にこの場所を訪れ、岩砕きに夢中になることが決まっているような気にもなった。

彼は町並みへと目をやった。

いつからだろうか。故郷のことを、何もなくて退屈な場所だと思うようになったのは。

そんなことを考えながら、子供のほうへと視線を戻す。

その真剣な眼差《まなざ》しを見つめていると、なんだか心が燃えてきた。

この勝負、絶対に負けたくはない。

父親は岩を見定め、金槌を振る。

銅像は、徐々に光を失っていく。

内に蓄積してきた町の記憶を放出しながら――。

高齢の老人は、あるとき道を歩いていると、なぜだか不意に昔のことを思いだした。それはそろばん教室でのこと。友達とそろばんを使いチャンバラをして、先生からこっぴどく怒

られたのだ。老人は苦笑しつつも、懐かしい気持ちにとらわれる。

墓参りに訪れた男は、自分でも予期せず妻に昔話を語りはじめた。それは実家の裏の川でのこと。海水と真水の混じった川には、ときどき大量のクラゲが現れた。彼はそれを見つけると、石を放り投げて遊んでいた。いま思えば残酷な遊びだったと、男は言った。でも、当時はみんなでやったんだよなぁ……。

ある者は小学校の校庭で凧《たこ》あげをしたことを思いだした。

またある者は牛鬼祭《うしおにまつ》りの賑わいを思いだした。

重低音で時刻を告げる振り子時計。

老店主の営む理容室。

母のつくった親子丼。

それは、町の人たちが紡《つむ》いだ景色。

町のたどってきた歴史。

老いた町には、いつしか往年の生気が戻ってきていた。

訪れる人々や住人の表情は活き活きとしていた。

しかし、それも短い間のことだった。

銅像の光は日に日に薄れ、蓄えたものもなくなっていく。

やがて町は最後の輝きを放ち終える。

そして元の姿に戻っていく。


あるとき、山の公園にひとりの男がやってきた。

生い茂った草を踏みしめながら歩いていって、端まで来ると景色を見やった。

生まれ育った町は、ずいぶん寂《さび》れて見えた。だが、彼はこの町のことが好きだった。

おもむろに、彼はカメラを取りだした。

遊具の老朽化に伴い、近々公園は取り壊されることになっていた。それで、小さいころによく遊んでいたこの公園の最後の姿を撮っておこうと思ったのだ。

彼は町の景色をカメラに収めた。そして振り返って再びカメラを構えると、古びた公園に向かって何回もシャッターを切っていった。

それから数か月後のことだ。

撮影した写真をようやくパソコンに取りこんで、ゆっくり見返していた彼は、おや、と首を傾《かし》げることになる。

それは、遊具と一緒に撤去された銅像が写った一枚を目にしたときのことだった。

彼は思った。

あの銅像、こんな顔をしてたっけ、と。

記憶の中の銅像は、真一文字《まいちもんじ》に口を結んだ堅苦しい顔をしていた。小さい頃は、いや、大人になってからも、なんだか近寄り難いなぁと思っていたものだった。

しかし、その印象はどうやら間違っていたらしかった。

写真の中の銅像は、柔和な笑みを浮かべていた。

我が子を見守る、親のような表情だった。

Episode 9

つまみの家

（ヘンゼルとグレーテル）

新しい部署に異動した初日のこと。終業時刻が迫ろうかというころ、ある先輩からいきなり声を掛けられた。

「おいっ、新人！　歓迎してやるから、このあとメシ行くぞっ」

「は、はいっ！」

おれは咄嗟《とっさ》に返事をした。

「あ、あざっす！」

先輩は、こちらが言い終わるより先に満足そうにデスクに戻った。

おれは少々呆気《あっけ》にとられた。その先輩との会話は初めてで、誘い方もあまりに一方的だったからだ。

しかし、まだ右も左も分からない中、声を掛けてもらえるのはありがたいことだった。それに、強引な誘い方にも学生時代の体育会系のノリが久しぶりに思いだされ、少し懐かしい気持ちになった。

しばらくして終業を告げるチャイムが鳴ると、先輩はさっそく立ち上がった。

「じゃあ、行くか」

「お願いしますっ！」

素早く荷物をまとめて、さっさと歩きだした先輩のあとを慌《あわ》てて追う。

「あの、どこに行くんすか？」

社を出ると、おれは尋ねた。

「うん？」

先輩は恰幅《かっぷく》のいい身体《からだ》で堂々と道を進んでいく。

「それは着いてからのお楽しみだ」

「はあ……」

会社の最寄り駅を通り過ぎ、繁華街へと入っていく。まだ陽が沈み切る前なのに、街はすでに賑《にぎ》わいを見せていた。居酒屋の呼び込みをかわしながら、先輩はひたすら歩いていく。

公園を抜け、住宅街を抜け、さらに十五分ほどくねくね曲がり、やがて到着したのは古い雑居ビルが立ち並ぶ場所だった。

先輩はその一角の寂《さび》れた路地に入っていって、ようやく一軒の店の前で足を止めた。

「ここだ」

「つまみの家……？」

店名だろうか、朽ちかけた看板にはそう書かれていた。

扉を開けると表の人気《ひとけ》のなさが嘘のようにたくさんの客がいて、がやがやと声が飛びかっていた。先輩が声を掛けると、店員は無言でテーブルのひとつを指差した。そこに座れということらしい。愛想とは無縁の態度だったけれど、先輩が何も言わないので黙っておくことにした。

「どうだ、うちの部署に来てみて」

腰を掛けると、先輩は言った。

「まあ、まだ一日しか経ってないわけだが」

「そうっすねぇ……」

おれはそれに返事をしつつも、あることが気になっていた。

メニューがどこにも見当たらないのだ。

テーブルの上、脇、そして壁。どこにもそれらしいものがなく、後輩としてはそわそわした。

せめて飲み物だけでも注文しないと……。

そう思った矢先だった。いきなりテーブルに、ドンッと何かが置かれたから驚いた。見るとそれはビールの入ったジョッキふたつで、店員はそのまま何も言わずに去っていった。

先輩は何事もなかったかのように手に取ると、「お疲れ」とジョッキをぶつけた。すっかり面食らってしまったおれは動作が遅れてしまったものの、慌てて「お疲れさまっす」とそれを呷《あお》った。

「うまいなぁ」

先輩はごくごくごくっと喉を鳴らし、ジョッキを置いた。

その言葉に、おれも大きく頷《うなず》いた。

「いやあ、うまいっす！」

実際に自分好みで、うまかったのだ。

一方で、内心では困り果ててもいた。メニューがやはり見当たらず、何も注文できないのだった。

と、そのとき、またもや急にテーブルに何かがドンと置かれた。思わずのけぞりそうになりながらも視線をやると、今度は小皿が二つあった。先輩のほうには千切ったキャベツが、こちらのほうには茹《ゆ》でた枝豆が載っている。

お通しだろうか。それにしても、同じテーブルで別のものが出てくるなんて珍しいな……。

先輩がキャベツを食べはじめたので、おれも枝豆を口に含んだ。すると、大ぶりの豆に山《さん》椒《しょう》がよく利いていて抜群にうまかった。

「うわっ！　めっちゃうまいっす！」

声をあげると、先輩は得意そうな顔になった。

「だろ？」

そしてまた、先輩はつづきを語りはじめる。

店員が勝手に運んできたのは、飲み物とお通しに止まらなかった。おれが先輩の話に相槌《あいづち》を打っている間にも、注文していない料理が次々に出てきた。

釜揚げシラスと半熟卵のサラダ。冷やしトマトのモッツァレラチーズ載せ。アン肝。梅水《うめすい》晶《しょう》。

どれも好物の品々だ。

ただ、妙なことに、それらはすべてテーブルのこちら側に置かれ、一人分ほどの量しかなかった。先輩の側にはまた別の料理が運ばれてきていて、どうやら人によって出てくる料理が違うらしいことは理解できた。

「うまいか？　好きなだけ食えよ」

「はいっ！」

疑問はあったが、おれは素直に従った。こういうときは疑問を持つより行動しろ。それが体育会系時代からの哲学だ。

ビールは進み、ジョッキはすぐに空いてしまう。すると絶妙なタイミングで店員がやってきて、新しいビールを置いていった。

料理はどんどんやってきた。

厚切りベーコンのポテトサラダ。トウモロコシの天ぷら。フライドポテトの明太仕立て。

どれも絶品で、何より好みの味だった。

先輩が事前に注文してくれていたのだろうか。そう考えてもみたけれど、好みを知り尽くしたラインナップが出てくる理由が分からなかった。

ビールに満足したころ、今度はベストなタイミングで日本酒が出てきた。またもや、気に入っている銘柄のものだった。それも普段は飲めない大吟醸《だいぎんじょう》だ。

だんだん酔いが回ってきて、互いに饒舌《じょうぜつ》になっていく。ちょうど話が途切れたころ、おれは先輩に尋ねてみることにした。

「あの、先輩……」

「うん？」

とろんとした目で、先輩は応じた。

「この店、どうしてこんなにうまいんすか？」

あ、いや、と言葉を継いだ。

「そりゃ先輩の行きつけの店なんすから、うまいのは当然だと思います。でも、あまりにうますぎるというか……それに、どうして自分好みのものばっかり出てくるのかも不思議で……」

「それはな、ここがつまみの家だからだ」

先輩は飲んでいた焼酎《しょうちゅう》を置いて言った。

「この店はおもしろい店でな。おれたちの心の中の隠れた欲求を汲《く》み取って、注文いらずで飲み食いしたいものを勝手に運んできてくれんだよ。見てみろよ、みんな食ってるもんが違うだろ？　そんでもって、ここの料理人は食材の旨味《うまみ》を最大限に引き出す腕を持ってるから、そりゃうまくて当然だ」

「……じゃあ、先輩が注文してくださってたわけじゃないんすか？」

「当たり前だろ」

「でも、隠れた欲求を汲み取るだなんて、どうやって……」

「さあな、仕組みはよく分からない。まあ、あんまり深く考えないことだ。うまいもんが食えたら、それでいいだろ？」

先輩はニヤリと笑った。

「さ、今日は全部おれの奢《おご》りだから、気にせず食え」

「あざっす！」

おれは頭を下げ、また雑談に花を咲かせながら大いに飲み食いを楽しみ帰途《きと》についたのだった。

同じ週のうちに、またその先輩から飲みに誘われた。

「今日、行けるだろ？」

「ぜひお願いしますっ！」

おれは一も二もなく頷《うなず》いた。またあの店に連れていってもらえるのではという期待もあった。

果たして、先輩に連れられたのは「つまみの家」だった。

今度は要領が分かっているので、焦らずに済んだ。

お通しはザーサイで、口に含んでみると、たしかに舌がそれを欲していたことがよく分かる。

しかし、この店は中華もいけるのか……。

「そりゃそうだ。つまみの家に出せない料理はないからな」

ただ、と、少し間を空けて先輩はぽつりと言った。

「どんなに望んでも、食材が手に入らなけりゃ作れないが」

「えっ？」

「いや、なんでもない」

そのとき新たにエビチリが運ばれてきて、おれの興味はそちらに移った。

「めちゃくちゃうまそうっすね！」

「実際うまいぞ」

「いただきまっす！」

「おう、食え食え」

先輩はうれしそうに笑って言った。

それからも、おれは何度も誘ってもらって「つまみの家」を訪れた。

イタリアン、フレンチ、スペイン料理、メキシコ料理。

中には初めて見る料理もあったけれど、それらは口にした瞬間に好きな料理のリストに加わった。もちろん酒の素晴らしさは言うまでもない。

先輩は毎度、おれにごちそうしてくれた。支払うと申し出るのに、決まって制されるのだ。

いくらなんでもさすがに申し訳なく、無粋《ぶすい》ながらもその理由をそれとなく聞いてみたことがあった。

すると先輩はさらりと言った。

「うまそうに食べるやつを見るのが好きなのさ」

なんて素敵な先輩なのだろうと、おれは痺《しび》れてしまったのだった。

あるとき、先輩が口にした。

「おまえって、ぜんぜん太んないよな」

先輩の指摘通り、この店に来るようになってからも体重は変わっていなかった。おれは内心で胸を張りつつ、こう言った。

「昔から、いくら食べても体質的に大丈夫なんすっ！」

「それはおれへの当てつけか？」

あっ、と息を呑みこんだ。

「そんなことは……」

「冗談だよ。まあ、食えよ」

「はいっ！」

おれは好きなだけもぐもぐ頬張《ほおば》る。

会社で違う先輩から声を掛けられたのは、そんなある日のことだった。

前触れなく会議室に呼び出されたので、何事だろうと不審に思った。その先輩は、声を潜めて大丈夫かと聞いてきた。

「何がです？」

いや、と、もごもごと声を潜めてこう言った。

「あいつといて、何ともないか？」

「あいつ？」

「ほら……」

どうも要領を得なかったのだが、やがてそれがいつもの先輩のことを指しているのだと理解した。

「別に……すごくよくしてもらってますが」

答えると、ひどく訝《いぶか》しげな顔になり、こんな意味のことを言った。なんでも、あの先輩に気に入られた後輩は、これまでことごとく潰《つぶ》されてきたのだという。

「潰される……？」

「いや……それが、会社を辞めてしまってね」

さらに詳しく聞いてみると、ある日とつぜん連絡が途絶《とだ》え、無断欠勤の末に解雇扱いになる事態が何度かつづいてきたらしい。

「だからきみも、何かされてないか心配で。ちょっと気をつけておいたほうがいいよ」

心当たりがあるどころか、むしろ逆だ。

おれはなんだか不愉快になって、わざと鼻で笑ってやった。

「人のことを陰でこそこそ悪く言うなんて、よくないと思いますよ」

そう言い捨てて、仕事に戻った。

件《くだん》の先輩とは、ほとんど毎日「つまみの家」に行くようになっていた。

「どうだ、仕事は」

「だんだん摑《つか》めてきた感じです」

「そうか、そりゃよかったな。でも、おまえは相変わらず太らないなぁ」

おれは出てきたビールを呷りながら豪語する。

「体質っすから！」

「まさか、運動なんてしてないよな？」

「最近はすっかりご無沙汰っすよ」

先輩の様子がおかしくなってきたのは、その頃からだ。

酔うと決まって、同じことを繰り返すようになったのだ。

「まだ太らないのか？」

「またまたぁ」

「太れよ」

「ええっ、嫌ですよぉ」

そのやり取りは、いつしかお決まりのものになっていった。おれは勝手に、それだけ先輩と親密になっている証だと思っていた。

しかし、日が経つにつれて先輩の顔からは笑みがだんだん消えていった。どこか不機嫌さが滲《にじ》むようになり、怒りのようなものさえ感じられるようになってきた。

「チッ、なんで太らないんだよ」

「えっ？」

初めて先輩が舌打ちしたときは信じられず、思わず真顔で聞き返してしまった。

「いや……まあ、食えよ」

「……はい」

何となく食欲が削《そ》がれて食べる手が止まってしまう。

先輩はすかさず突っこんだ。

「食う手が止まってんじゃないのか？」

「い、いただいてますっ！」

おれは慌てて料理を詰めこむ。

またあるときは、先輩の怒号が店内に響いた。

「もっと食えよ！」

「はいっ！」

「もっと飲めよ！」

「はいっ！」

周囲は見て見ぬふりをしているが、興味ありげな様子が伝わってくる。時おり目が合うその人たちは、みな先輩と同じように太った腹を揺らしている。

もちろん、誘いを断るという選択肢は何度もよぎった。が、つまみの家の魅力からは逃れられない。もしこっそり行って先輩と鉢合わせでもしたら大変なことになる。そう思うと、断ることはできなかった。

そして、ついに決壊の日が訪れた。

いつものように店に到着して早々、先輩が立ち上がって叫んだのだ。

「おまえっ！　いい加減にしろよっ！」

その目は血走っていた。

「ふざけんなっ！　いつになったら太んだよっ！」

突然の変わり様に、おれは呆気にとられてしまう。

「おまえにいくら注《つ》ぎこんでると思ってんだっ!!」

先輩はバンッとテーブルを叩いて大声で言った。

「もういいから、こっち来いやぁっ！」

硬直したおれの腕を、先輩は強く引っ張った。

「ちょ、ちょ、ちょっと、どうしたんすか！　大丈夫っすか？　酔ってるんじゃないっすか？」

「酔ってねぇ！　いいからこっち来いっ！」

「痛いっすってぇ！」

そのままおれは、なぜか厨房《ちゅうぼう》のほうへと連れていかれた。

「ちょっと、やめてくださいよぉっ！」

「うるせぇっ！」

ガツンと一発殴られて、おれは厨房で尻餅をついた。起こったことが俄《にわか》には信じられなかった。

「これ以上我慢できるかぁっ！　痩《や》せてようが構うもんかよっ!!」

「何なんすかっ！」

言い終わる前に、おれはまた殴られた。

まったく意味が分からなかった。しかし突如、前に別の先輩から聞かされた話を思いだす。

この先輩に気に入られた人間が、行方不明になっているということを。

「てめぇはっ！　おとなしくっ……してやがれぇっ!!」

先輩がみたび拳《こぶし》を振りあげた瞬間だった。

おれは本能的に危険を感じ、勝手に身体が反応した。

痩せていることが幸いしたこともあっただろう。おれは先輩の動作よりも素早く懐《ふところ》に飛び込むと、無我夢中で力の限りに身体をぶつけた。

おれに直撃された先輩は後ろに飛んだ。

そしてそのまま頭から壁にぶつかり、ドスンと鈍い音が耳に届いた。

気づいたときには、先輩は床に横たわっていた。駆け寄って揺すってみたが動かない。呼吸をたしかめると止まっていて、おれは頭の中が真っ白になった。

嘘だろう？

呆然《ぼうぜん》と立ち尽くした、そのときだった。

「お客さん」

ふと声が聞こえてきた。振り向くと、店員が無表情で立っていた。

ああ、おしまいだ——。

しかし、その直後、店員は思わぬことを口にした。

「ご提供、感謝します」

「えっ？」

おれは耳を疑うも、店員は構わずつづける。

「それでは早速《さっそく》、取り掛かりますので」

「取り掛かる？」

何を言っているのか分からなかった。

「席でしばらくお待ちください」

何が何だか分からないまま、おれは有無を言わさず厨房を追いだされた。

さらに呆然とする事態に見舞われたのは、少し経ってのことだった。

席に戻って固まっていると、やがて一皿のスープが運ばれてきたのだ。

それが何なのかを考えるより早く、漂ってきた香りに胃袋がひどく刺激された。

無性に食べたい。強い衝動だけがそこにはあった。

おれはスープを一口啜《すす》った。

その瞬間、かつて経験したことのない美味が舌の上に広がった。

気がつくと、あまりのうまさに随喜《ずいき》の涙を流していた。こんなものは生まれてこの方、食べたことがない。これこそ自分という人間が心底求める、究極の料理だ。

けれど、なぜ今まで出してくれなかったのか……。

不意に先輩の言葉がよみがえってきた。

──どんなに望んでも、食材が手に入らなけりゃ作れない──

おれはようやく、すべてを悟る。そして、こんなことを考える。

単に太っていればいいというわけでもないのだろう。真に美味なる食材とは、うまいものををたらふく食わせて作っていくものなのだ──。

次々と出される料理を、おれは獣のように貪《むさぼ》った。


後日、無断欠勤を理由に先輩には解雇の処分が下された。

おれと先輩の関係を知っていた人たちは、口々に励ましの言葉をかけてくれた。が、それらは胸に響かなかった。

近ごろ聞いた噂によると、先輩が抜けた穴を埋めるべく、もうすぐ新たな若手社員がうちの部署に異動してくるのだという。

おれはそのときを今か今かと待ちわびている。

再びアレにありつくのは、容易なことではないだろう。

油断などはあってはならない。

とりわけ先輩の二の舞だけにはならぬよう、まずは相手の体質を調べることからはじめる必要がありそうだ。

Episode 10

大沢の耳

（王様の耳はロバの耳）

ぼくのクラスには少し変わった子がいる。

大沢《おおさわ》くんだ。

彼は授業中もずっと帽子をかぶっていて、脱いだところを見た人は誰もいない。おまけにそれはニット帽で、季節なんて関係なく、いつだって深々と耳元までかぶっていた。

そんな大沢くんだから、いろいろな噂が立っていた。そのほとんどが、心ないものだった。


――病気とか？

――虐待とか？

――髪の毛がないんじゃない？

――見られたくない傷でもあるのかな？


妙なのは帽子のことだけじゃなかった。大沢くんは、いつもなぜだか何かに怯《おび》えているような感じがあった。誰かに話しかけられても「あ」とか「え」とか言うばかりだし、授業中、

先生から指されてもおどおどしていて答えなかった。

——とにかくさ、近づかないほうがいいよね。

みんなは自然と距離を置き、ぼくも気にはなっていたけど、なかなか話しかける勇気を持てないでいた。

そんな中でもただひとり、同じクラスの神谷《かみや》くんだけは悪い意味で他の人とは違っていた。

神谷くんは、何かにつけて大沢くんにちょっかいを出していたのだ。

「大沢ぁー、部屋の中では帽子を取らないといけないんだぞぉー」

神谷くんはよくそう言っては、大沢くんの帽子に触ろうとした。

大沢くんは帽子を取られないように、両手で強く押さえながら身をかわす。

「や、やめてよ……」

「なんで隠すんだよぉー」

「やめてって……」

神谷くんは先生が来るまでしつこくつづける。

またあるときは、露骨《ろこつ》にこんなことを言ったりもした。

「大沢、じつはおまえハゲてんじゃないのぉー？」

大沢くんは何も言わずに俯《うつむ》くばかりだ。

「分かった、帽子の下は十円ハゲだろっ！」

さすがにひどくて、止めないと、とぼくは思う。でも、神谷くんやみんなの目が気になって、行動に移すことができなかった。罪悪感に包まれながらも、ぼくはつい見て見ぬフリをしてしまう。

大沢くんの家はあまり裕福ではないようで、それも神谷くんが突っかかる格好のネタになっていた。特に給食が休みの日などは、神谷くんは大沢くんのほうへ近づいていき、よく冷やかしの声をあげた。

「なーなー、大沢、なに食ってんのぉー？」

そして、聞こえよがしに大声で言う。

「あれぇー、それって、パンの耳ぃ？」

そう、お弁当の日になると、大沢くんはパンの耳を持ってくるのが決まりだった。

「おまえん家《ち》、そんなの食べてんのぉー？」

神谷くんは、パンの耳がたくさん入ったビニール袋を取り上げる。

「か、返してよ……」

「それじゃあさぁ、大沢が帽子を脱いだら返してやるよ」

「そ、それは……」

「なんだよー、簡単なことじゃんよー」

「か、か、返してよ……」

大沢くんは、とうとう泣き出してしまう。それを見て、神谷くんはつまらなそうな顔をする。

「なんで泣くんだよー。ちぇっ、返してやるよー」

そう言って、ビニール袋を放り投げてどこかに行く。事態が収まってホッとしつつも、ぼくは心の中がとても苦しい。

そんなある日のことだった。ぼくはたまたま、大沢くんと学校の外で出くわした。

それは休みの日、自転車で友達の家に遊びに行った帰りのことだった。ぼくは一休みしようと公園に立ち寄った。そしてジュースを買ってベンチに腰掛けようとしたとき、公園にある噴水のそばで大沢くんが佇《たたず》んでいるのを見つけたのだった。

話しかけようかどうか、一瞬迷った。でも、普段の後悔が頭をもたげ、ぼくは思い切って近づいた。

「大沢くん」

声を掛けると、大沢くんはビクッとなった。

「こんなところで何やってるの？」

「あ、え……」

ぼくと目が合うと、大沢くんは慌てて両手を後ろに回した。

「いま、水に何か投げてなかった？」

「えっと、あの……」

ぼくは噴水のほうに目をやった。するとたくさんの鯉《こい》が口を開けて待っているのが目に入って、そういうことかとピンと来た。

「分かった！　鯉にエサをあげてたんだね！」

大沢くんは、少し間を空けてからおずおずといった感じで頷《うなず》いた。

「何をあげてたの？」

興味本位で聞いてみると、大沢くんは黙ってしまった。けれど、しばらく経ってから、彼は隠していた両手を差しだして開いてくれた。手にしていたのは、パンの耳だった。

その瞬間、ぼくはなんだか気まずくなった。大沢くんのお弁当のことが頭をよぎったからだった。

「ごめん……」

気がつくと、自然とそう言っていた。聞いてはいけないことを聞いてしまった。そんな思いにとらわれていた。

……いや、それは半分嘘だった。大沢くんへの気の毒な気持ちもたしかにあった。でもそれ以上に、自分に対する嫌な気持ちが急速に膨《ふく》らんでいた。それは、これまでずっと溜《た》めこんできた罪悪感だった。

「ごめん！」

ぼくは堰《せき》を切ったように、大沢くんに謝った。

「いつも気づかないフリしてごめん！　助けてあげなくてごめん！」

勇気がなくてごめん、卑怯《ひきょう》でごめん……。

ぼくは一気に吐き出した。

急に言いだして、変に思われただろうか。いまさら何だと、怒っただろうか……。

恐る恐る大沢くんの顔を見た。彼は思いつめたような表情を浮かべていた。

どんな言葉を浴びせられても仕方ない……。

そう覚悟を決めたとき、大沢くんが口を開いた。

「ありがとう……」

「えっ？」

予期せぬ言葉に、ぼくは変な声をあげてしまった。そして次の瞬間、もっと想像していなかったことが起こった。大沢くんが、かぶっていた帽子をさっと脱いだのだ。

思わずぼくは目を見開いた。視線は彼の耳に釘付けになっていた。

「ぼく、昔から体質が変なんだ……」

大沢くんは言った。

「ぼくの耳ね、縁のところがパンの耳になってるの……」

不意に、大沢くんは自分の両耳を手で摘まんだ。そして茶色くなったその縁の部分を引きちぎると、水の中にポンと投げた。バシャバシャと音を立てて鯉が群がり、落ちたものはあっという間に消えていった。

耳のほうに視線を戻すと、その縁はまた元の茶色に戻っていた。

「あれ？　いま、ちぎらなかった……？」

幻覚だったかと思ったが、大沢くんは頷いた。

「うん、ちぎったよ。でも、すぐ生えてくるから……」

彼はまた耳の縁をちぎって見せた。その次の瞬間には、新しいものが生えてきていた。

ぼくはまだ頭の整理ができないでいた。

でも、大沢くんが大事な秘密を明かしてくれたのだということだけはよく分かった。

「秘密、ぼくなんかに言ってよかったの……？」

ぼくはかろうじてそう言った。

大沢くんは首を小さく縦に振った。

「うん……」

そのはにかんだような表情に、絶対に秘密は守らなければと心に誓った。

次の日から、ぼくは態度を改めた。

「なーなー大沢ぁ、帽子取れよぉー」

いつものように神谷くんがやってくると、ぼくは強い口調で横から言った。

「神谷くん、やめなよ」

「はぁ？」

「もう大沢くんをからかうのはやめなよ」

「なんだおまえ……」

そう言いながらも、神谷くんはびっくりした様子だった。

ぼくはおろおろしている大沢くんの手を取って、教室を出た。

「今更だけど、今日からはぼくに任せてよ」

大沢くんは小さな声で口にした。

「ありがとう……」

ぼくたちは、放課後の時間を一緒に過ごすようになった。

あるときぼくは提案した。

「ねぇ、釣りに行かない？」

すると、大沢くんは困った顔になった。

「そんな、やったことないよ……」

「大丈夫だって！」

ぼくは家に帰ると二人分の竿《さお》を持って、大沢くんと近くの打ちっぱなし場まで自転車を漕《こ》いだ。そこは広い池になっていて、端っこから糸を垂らせるようになっていた。

「ねぇ、エサはどうするの……？」

釣り針をセットしてあげると、大沢くんは言った。

「パンの耳さ」

「えっ？」

「大沢くんの耳を使って釣るんだよ」

「ええっ？　そんなので釣れるの……？」

半信半疑の大沢くんから、ぼくは耳を分けてもらう。さらに細かくちぎって針の先につけ

ると、水の中に放り投げる。

やがて大沢くんの竿がぶるぶると震えはじめた。

「来てるっ！　巻いて巻いてっ！」

「えっ、こ、こうっ!?」

ぎこちなくも、必死の様子で大沢くんはリールを巻く。何とか引きあげた針の先には、大きなフナがついていた。

「こ、これ、ぼくが釣ったの……!?」

大沢くんは半分パニックになっていた。

「すごいじゃない！」

ぼくはフナを池に返すと、大沢くんの手を取った。そしてそのまま上に掲げて強引にハイタッチをすると、大沢くんはこれまで見たことがないほどの笑顔を弾けさせた。

「こっちだって負けないからっ！」

その釣りの最中のことだった。ぼくは小腹が空いて、もらったパンの耳をかじってみた。

そのとき、思いがけず、ぼくは声をあげてしまった。

「えっ、これ、めっちゃおいしくない!?」

軽い気持ちで口にしたのに、噛めば噛むほど甘みが出てきて驚いた。

「こんなにおいしいパンの耳、初めて食べたよ……」

素直に言うと、大沢くんは恥ずかしそうに顔を赤らめた。

それからも、ぼくは大沢くんといろいろなところに行って遊んだ。ぼくたちは、昔からの友達みたいに仲良くなった。

ところが、平穏な日々は長くはつづかなかった。

ある日、大沢くんと公園の鯉にパンの耳をやっていたとき。突然「えっ」という声がして、振り向くと神谷くんがそこにいた。

なんで神谷くんがこんなところに!?

そう思うと同時に、ぼくは大沢くんのほうを見た。ちょうどそのとき、彼はたまたま耳をちぎって鯉にエサをやっている最中だった。

神谷くんに見られてしまった——。

どう言い訳をしようかと焦りながら、神谷くんのほうをもう一度見た。でも、その姿はもうそこには見当たらなかった。

「どうかした?」

尋ねられて、ぼくは答えた。

「……ううん、なんでもないよ」

神谷くんにどこまで見られたかは分からなかったし、下手に教えて不安にさせたらかわいそうだ。そう思い、いま見たことは内緒にしておこうと決めた。

ぼくたちは何事もなかったかのように鯉にエサをやりつづけた。けれど、嫌な予感は拭えなかった。

その次の日だ。

登校すると、とんでもない事態が待ち受けていた。神谷くんが学校中を走り回って、こんなことを叫んでいたのだ。

「大沢の耳は、パンの耳ぃぃーっ！」

ぼくは卒倒しそうになった。

神谷くんは、やっぱりあの瞬間を見ていたのだと悟ったけれど、もう遅かった。

「大沢の耳は、パンの耳ぃぃーっ！」

その話は瞬く間に広がった。

大沢くんが帽子をかぶっている理由。お弁当に隠されていた秘密……。

神谷くんは、それをおもしろおかしく吹いて回った。

ぼくはあまりの怒りでどうにかなってしまいそうだった。大沢くんは青ざめていて、一言も言葉を発しない。

言い返すのは簡単だった。

でも、それじゃあダメだと分かっていた。

その日、ぼくは家に帰るとお母さんを捕まえた。

「ねぇ！　力を貸してよ！」

事情を話すとお母さんは一緒になって考えてくれて、やがてひとつの知恵を授けてくれた。

その足で、ぼくは急いで大沢くんのところに向かった。

「パンの耳をちょうだい！　できるだけたくさん！」

混乱する大沢くんにも作戦を話し、ぼくは大量のパンの耳をもらって帰った。


翌日、ぼくはお母さんから先生に連絡をしてもらい、休み時間にあることをする許可をもらった。それは、教室でお菓子を配る許可だった。

「ねぇみんな、ぼくから渡したいものがあるんだけど！」

そう言うと、教室中が沸きたった。

「なになに？」

「おみやげとか？」

「どっか行ったの？」

みんなが騒ぐ中、ぼくは紙袋からそれを取りだす。

「ひとりひとつはあるからさ、順番に取って！」

行き渡ったところで、ぼくは言った。

「それじゃあ、みんな食べていいよ！」

教室に、サクッサクッという音が一斉に響く。

みんなに渡したもの——それはぼくとお母さんが一緒に作ったラスクだった。

「なにこれ！」

「めっちゃおいしい！」

「これ家で作ったの⁉」

「すごーいっ！」

そんな声を聞きながら、ぼくはひとりをじっと見ていた。するとその人——神谷くんも口を開いた。

「うまぁっ！」

内心でガッツポーズを作りつつも、ぼくはなんとか落ち着きを保つ。

「ねぇみんな、このラスク、何で作ったか分かる？」

完全に賭けだったけれど、ぼくは言った。

「これはね、大沢くんのパンの耳から作ったものなんだよ」

大沢くんをちらりと見ると、下を向いた姿勢で固まっている。大丈夫かなと心配になる。

それでも、強い口調でぼくはつづけた。

「大沢くんの噂は本当だよ」

教室中が水を打ったようにしーんとなった。

「最初知ったときは、ぼくもびっくりしたよ。でもさ、別にいいじゃん、そんなこと」

ぼくは声を張り上げる。

「いろんな人がいていいじゃん……耳がパンの耳になってたって、別にいいじゃん！　なんでダメなの!?　こんなにもみんなを幸せな気分にしてくれるのに！　おいしいでしょ!?　ねえ！　神谷くん！」

最後は声が震えていた。勝手に目頭が熱くなる。

気がつくと、ぼくは泣いてしまっていた。嗚咽《おえつ》が止まらなくなっていた。

そのとき、誰かの声が耳に届いた。

「ごめん……」

ぼくはそっちに目をやった。声の主は神谷くんだった。

「ごめん、大沢……いままで、ごめん……」

神谷くんも涙目になっていた。

「何も考えずにひどいことしたりして、ごめん。ふざけて傷つけたりして、ごめん」

教室は静まり返っていた。

「いまの言葉で分かったよ……」

神谷くんの声だけが響き渡る。

「だって、すごくうまかったんだもん！　こんなの食べたことないよ！　おれになんて、できっこないよ！　大沢すげぇよ！」

ぼくは大沢くんのほうを見た。大沢くんは恥ずかしそうに顔を赤らめている。

「大沢……ほんとごめん！」

神谷くんは、真剣な顔で拝むように手を合わせた。

その様子がなんだか少しおかしくて、ぼくはぷっと笑ってしまう。

「なんだよ、何がおかしいんだよ！　だって、すげぇじゃん！　うまいじゃんっ！」

「うまいうまいって、そればっかりじゃない」

ぼくはとうとう笑い声をあげてしまった。

「うまいもんはうまいんだから、しょうがねぇじゃんよぉっ！」

大沢くんが、ぽつりと言った。

「神谷くん、ありがとう……」

絶妙のタイミングに、今度は教室中がどっと沸《わ》いた。

そんな中、神谷くんが大沢くんに勢いよく手を差しだした。

「これからは、その……よろしくなっ！」

大沢くんは挙動不審になりながらも、おずおずと神谷くんのほうに手を差しだした。そしてそのまま、ぎこちなくも手を握った。

「うん……よろしくね」

彼はそんなことを言うのもするのも初めてなのだろう。顔はますます赤くなり、やがて耳の先まで真っ赤になった。

そのころになって、ぼくはあたりの異変に気がついた。なんだか妙にいい匂いがしてきていたのだ。

その出所を探ってきょろきょろと周りを見ていると、大沢くんが遠慮がちに口を開いた。

「あっ、ごめん……ぼく、身体《からだ》が火照《ほて》ると耳のパンにも熱が通っちゃうことがあって……」

教室の中は、いまやすっかり香ばしいパンの匂いに包まれていた。

ぼくのお腹が、大きな音でぐぅと鳴った。

Episode II

眠らせ姫

（眠り姫）

少女がその特異体質の片鱗《へんりん》を覗《のぞ》かせはじめたのは、十歳くらいの頃だった。

「ねー、お母さん聞いてるのー？」

少女が言うと、母親はハッとした表情になって目をこする。

「えっ……ああ、ごめんごめん……」

「もうっ！　ちゃんと聞いてよねっ！」

ぷりぷりしながら少女は言う。

少女が話をしていると、母親が次第にウトウトしはじめ眠ってしまう――。

そういうことが、いつからか頻繁《ひんぱん》に起こるようになったのである。

「あのね、今日ね、学校で席替えがあったんだよ」

ときに少女は、目を輝かせて母親に話す。

「お母さん、今日ね、お友達とケンカしたの」

ときに少女は、沈んだ顔で口にする。

母親は、いつでもうんうんと頷《うなず》きながら興味深げに話に耳を傾ける。しかし、その時間

は長くはつづかない。だんだん瞼《まぶた》が重くなりだし、母親は目を不自然にしばたたく。そのうちこくんこくんと船を漕《こ》ぎだし、ひどいときには机に突っ伏し寝てしまう。

「また寝てる！　もういいっ！」

不機嫌になる少女に、母親は半開きの目で口にする。

「ごめんってぇ……」

そして自分の部屋に上がっていく少女の姿を追いながら、深い眠りに落ちていく。

そんな自分に、母親は強い罪悪感を抱いていた。

わたし、働きすぎなのかなぁ……。

彼女は夫を早くに亡くし、ずっと母子家庭でがんばってきた。朝から晩まで働いて、少女と一緒に夕食を取ると、持ち帰ってきた仕事に取りかかる。そんな生活を長い間つづけてきた。

少女とゆっくり話す時間はなかなか取れず、夕食のあいだがその貴重な時間になっていた。が、近ごろはついつい眠くなり、少女の話を聞きそびれてしまうことが増えていた。おまけに目覚めたときには深夜になっていたりして、仕事もずいぶん滞っていた。

ちょっと、働き方を考えないといけないのかなぁ……。

少女が自身のある異変に気がついたのは、ちょうどその頃のことだった。

昼も夜も、まったく眠くならないのだ。ただ眠気が襲ってこないだけではなかった。実際、もう何日も、いや何週間も彼女は一睡もしていなかったのである。

少女自身、おかしいなとは思っていた。でも、疲れないから別にいいか。そんな程度に考えていた。

だから、母親がそのことを知ったのはずいぶん後になってだった。

ある日の深夜、仕事を終えた母親がなんとなく少女の部屋を覗《のぞ》いてみると、ちょうど彼女が目をパチクリさせているところだった。

「まだ起きてるの？」

尋ねると、少女は言った。

「うん、眠れないの」

「ちゃんと寝ないと、しんどいよ？」

「大丈夫、もうずっと寝てないもん」

はじめは大げさに言っているだけだと思った。が、どうやら本当に寝ていないらしいと分かって肝をつぶした。

母親は慌《あわ》て、少女を病院に連れていくことにした。

「原因は分かりませんが……お嬢さんはどうやら極度の不眠症だと思われます」

様々な検査を経て、医師は言った。

「いまのところ健康上に問題は見られませんので、経過を観察していきましょう」

少女は言った。

「ねぇ、私、病気なの？」

「ううん、病気じゃないよ、大丈夫だよ」

それは母親が自らを落ち着かせるための言葉でもあった。

少女がもうひとつの異変――人を眠らせる特異体質を本格的に発揮しはじめ、自分でもようやく気がついたのは、それから少し経ってのことだ。

ある昼休み、学校で友人たちと喋っていると、少女の話を聞いていたみんなの目がとろんとしはじめ、そのうちウトウトとしだしたのだ。

「ちょっとぉ、聞いてるー？」

少女は少し傷ついた。自分の話が退屈だったのだろうかと思ったからだ。

友人たちは、慌てて取り繕《つくろ》った。

「あっ、ごめんごめん……」

少女がハッとなったのは、このときだった。

――あれ？　この反応、どこかで見たことがある……。

そして気がつく。

——お母さんに話してるときと一緒じゃん！

それ以来、似たようなことがたびたび起こるようになり、少女はやがて確信する。

自分が話をしていると、人はどうやら眠たくなるらしい。ちょっとしたやり取り程度ならば大丈夫なようだった。が、こちらの話す時間が長くなると、どんな内容を話していようが相手は必ず眠りについてしまうのだ。

眠れない自分、人を眠らせる自分……。

少女は心底怖くなった。

日常の中でだんだん口数が少なくなっていったのも、自然な流れだったと言えるだろう。潑剌《はつらつ》としていた少女は、次第に物静かな子供に変わっていった。誰かと話をするときも、こちらが話し過ぎないように注意を払うようになっていった。

どうしても自分が話すことを避けられない場面もあった。国語の授業で教科書を読み上げねばならなかったり、ホームルームでスピーチをしなければならなかったり。そんなとき、彼女は早口で喋るように心がけた。が、努力も虚《むな》しく、少女が話し終わったときにはいつも決まってみんな眠りに落ちてしまっているのだった。

母親との会話も極端に減った。

「近ごろさ、あんまり喋らなくなったよね」

その言葉にも、別に、と返す程度だ。

「なになに、反抗期ぃー？」

「そんなんじゃないよ」

少女の側から、そこで会話を終わらせる。食事を取ると、さっさと自分の部屋へと上がってしまう。

本当は、誰かと話したくて仕方がなかった。少しでもいい、せめて一番身近で大好きな母親にだけは自分のことを聞いて欲しかった。恐怖や不安をすべて吐き出してしまいたかった。

でも、話したところでどうせ相手は途中で眠りに落ちてしまう——。

依然として少女は眠ることができなかった。しかし、母親に無駄な心配をかけぬよう、寝ているフリを貫いた。

眠れぬ夜は、彼女にいっそうの孤独をもたらした。

そしてそれは、次第に少女を歪《ゆが》めていく。

最後の引き金となったのは、彼女が中学生のときに起こった出来事だった。クラスメイトがこんなことを話しているところに通りかかってしまったのだ。

「あの子さー、無口で気持ち悪くね？」

その瞬間、少女の中で何かが崩れた。

言いたいことは山ほどあった。哀しみと怒りが猛烈に膨《ふく》れあがってきてもいた。しかし、それをぶつけようとしてみたところで、思いが届くその前に、相手は眠ってしまうことだろう。

少女はついに何も言わず、そっとその場を立ち去った。

翌日から、少女は学校を休みはじめた。

「大丈夫なの……？」

母親に尋ねられても、風邪っぽいとごまかした。

「もしかして、いじめられてるんじゃないの……？」

「そういうのとは違うから」

放っておいて、と突き放す。学校から誰かが来ても、徹底的に無視をした。

そのうち少女は引きこもり、食事も自室で取るようになった。そして部屋で、少女はあるものに熱中しだした。

ネットの世界だ。

現実世界で話すことを許されていない少女にとって、そこは唯一、心安らげる場所となった。普段は寡黙《かもく》な彼女も、ネット上では饒舌《じょうぜつ》でいられた。

母親は、心を閉ざしてしまった少女に心を痛めるばかりだった。しかし、本人に原因を聞いても埒《らち》が明かず、人に助言を求めてもこれという答えにはたどりつかない。

時間に委ねるしか解決策はないのかな……。

次第にそう思うようになり、また仕事に忙殺《ぼうさつ》されもして、二人の距離は少しずつ離れていった。

月日は流れ、やがて少女にある転機が訪れる。

それは、十六歳になった彼女が部屋でネットを見ているときだった。

――なーなー、前に言ってた、人を眠らせられるって話、あれマジー？

あるコミュニティで、少女は匿名《とくめい》の人物からそんなことを質問された。すると横から、別の人物が会話に入ってきて書いた。

――なに本気にしてんのｗ　眠らせる？　そんなのこいつの嘘に決まってんじゃんｗｗｗ

――あ、そうなのね……ちょっと期待してる自分がいたわぁ……。

そのやり取りを素通りしてしまうには、少女はまだ幼過ぎた。

少女はつい書きこんだ。

――いやいや、ホントだし。

するとコメント欄には次々と反応が返ってきた。

——は？　正気？

——証拠は？

——絶対ないっしょｗｗｗ

——謝れよ、嘘つきましたってｗｗｗｗｗ

ここに至り、少女はとうとう書きこんだ。

——証拠？　あるよ。ちょっとだけ待っててー。

そして少女はいったんネットから離れると、パソコン上のあるファイルを選択した。それは彼女の声が入っている音源だった。

自分の声を聞いたら眠ることができないだろうか。

そう考えて、前に適当なテキストを読みあげて録音していたものだった。そのときは自分の声では眠れないと分かって失望し、それきり放置していたのだ。

——これ聞いてみてー。

少女の投稿で、コメント欄は静まった。そして、そのまま十分待っても三十分待っても何も反応はなく、一切の書きこみが途絶《とだ》えてしまった。

少女は夜通しパソコン画面に張りついていた。

次にコメントが書きこまれたのは、翌朝だった。

――ごめん、寝落ちしてた！

それを皮切りに、どんどんコメントが来はじめる。

――おれも！

――てか、あれっきり誰もコメントしてなかったのなｗｗｗ

――もしかして、みんな寝てた？

しばしの沈黙のあと、誰かが書いた。

――ちょっと、これ、ヤバいんじゃね……？

少女はひとり笑みを浮かべた。

音源は、瞬《また》く間に広がった。コミュニティにアップされたものがコピーされ、拡散されはじめたのだ。

絶対に眠れる音源が存在する。

最初は、コアなネット民たちの間で騒がれた。それを小さなＷＥＢ媒体が取り上げると、より大きな媒体が食いついた。音源は動画共有サイトにもアップされ、口コミは急速に広まっていった。

――不眠症が治ったんですけど！

――子供がすぐに寝てくれます！

その様子を逐一追いかけていきながら、少女はかつてないほどの幸福感に包まれていた。これまでの自分の声は、自身を人から遠ざけるだけの呪わしいもの以外の何物でもなかった。それがいまや、人から認められ感謝されるものになったのだ。

自分はこの世にいてもいい存在なのだと、初めて思えた。消し去りたかった負の力が、何物にも代えがたい正の力へと変わった瞬間だった。

少女は新たにいろいろな音源を収録してはWEBサイトにアップした。

日々の思いや考えをつらつら話すだけの音。自作の物語や詩の朗読。

そのどれもが記録的な再生回数を叩きだし、称賛の嵐をもって迎えられた。言語が違えど効果は担保されるらしく、海外諸国からのアクセス数も増加の一途をたどっていった。

いまや彼女は時代の寵児《ちょうじ》となりつつあった。

ネット経由で取材依頼も殺到した。

――あなたは何歳なのですか？

――十六歳です。

――この能力を、いったいどうやって身に付けたのですか？

――気づいたときにはこうでした。

テレビも、こぞって彼女を取り上げた。視聴者を眠らせぬよう音声に加工を施《ほどこ》しつつも、

快眠へと導いてくれる奇跡の声だと紹介した。

〝眠らせ姫、現る〟

そんな取り上げられ方をすることもあった。安眠タレントなどと呼ぶ者もいた。その熱は、彼女が年齢以外の素性をほとんど明かさないことでますます加速していった。

少女の声を分析する専門家も現れた。しかし、彼女の声には人の気分を落ち着かせる効果があるようだ、という以上のことは分からなかった。

声の特異性について、少女が公開した数少ない情報をもとに独自の仮説を立てる者もいた。中でも支持されたのは、少女の不眠症に端を発する説だった。

物心がついたときから、少女は一切眠れない体質だという。この、本来彼女が有するべき睡眠行為が何らかの因子によって音の波へと形を変え、他者に伝播《でんぱ》しているのではなかろうか。ゆえに、人々は彼女の声を聞くと眠りにいざなわれるのである。

そんなことが囁《ささや》かれたが、それを裏付ける確たる根拠を示せる者はいなかった。

当の彼女はというと、連日メディアに登場する自分の話題を貪《むさぼ》った。

私が世の中を変えているんだ。私こそが世界の中心になっているんだ——。

パソコンに向かい、少女は完全に舞い上がってしまっていた。

だから、世間の批判が少女に向かいはじめたとき、彼女は俄《にわか》には状況を受け入れること

ができなかった。

――居眠り運転で玉突き事故。〝少女〟の声が原因か？

そんなネットニュースを目にしたとき、彼女は半ばパニックに陥《おちい》った。慌ててテレビをつけると、神妙な顔でコメンテーターが口にしていた。

「極めて深刻な事態でしょう。少女の声には何らかの規制が設けられるべきと考えます」

また別の番組では、こんな報道がされていた。

ある老女が電話に出ると、少女のものと思《おぼ》しき録音の声が流れてきた。そして気がつくと、老女は眠りについていた。その隙に家に侵入され、盗難被害に遭ったということだった。

番組では、怪しい電話はすぐに切るようにと呼びかけられていた。加えて、少女の声には十分に注意するようにと締め括《くく》られた。

風向きは、恐ろしいほど急速に変わっていった。

気がつけば、どこを見ても世間は少女へのバッシングに溢《あふ》れていた。

――悪魔はとっとと消えやがれ。

――あんなやつ、死ねばいいのに。

少女の音声をアップしていた動画サイトは責任を追及され、近日中にすべてのデータを消し去るとの声明文を発表した。少女を擁護《ようご》したタレントは一斉に攻撃され、芸能活動を自粛

する方向へと追いこまれた。

それらのすべてをムキになって追う中で、少女はついに病に倒れた。精神的に、ひとりで耐えられるレベルはとうの昔に超えていた。感情を受け止めてくれる相手が誰ひとりとしていなかったことも、少女が追い込まれた大きな要素のひとつだっただろう。

そして、不幸というのは重なるものだ。

少女がベッドで寝込み、高熱にうんうん浮かされていたときだった。階下で何かが割れる音が派手に響き、つづいてどさっと重いものが倒れるような音がした。

悪夢の最中にいながらも、少女はただ事ではないと察して部屋を出た。そしてリビングまでゆっくり歩いていったとき——そこに倒れている母親の姿を発見した。

「お母さん！」

朦朧《もうろう》とする意識の中、少女は母親を揺さぶった。そう呼びかけたのは何年ぶりかのことだった。しかし、いくら待っても反応はまったくない。

少女は急いで救急車を手配した。

病院へ向かうその車両の中で、少女は必死に呼びかけた。

「ねぇ！　お母さんってば！」

そのときだった。母親は突然目を開けて、擦《かす》れた声で口にした。

「ずっと……」

母親はぼそぼそ何かを言った。

「なに⁉」

問い返すと、今度はかろうじて聞き取れるほどの声で言った。

「ずっとずっと、話を聞いてあげられなくて……ごめん、ね……」

それが、母親の声を聞いた最後になった。病院に着き、医師のもとに運ばれたときにはすでに息を引き取っていた。

ベッドに横たえられた母親を見て、少女は全身から力が抜けた。熱に浮かされていることも忘れ去り、その場に力なく崩れ落ちた。

母親の亡骸《なきがら》は、安らかな顔を浮かべていた。それはまるで、眠っているかのような穏やかな表情だった。

それからずいぶん、時が流れた。

少女はもはや少女と呼ぶべき時代を終え、ひとりの立派な女性へと成長していた。

母親を失ってしまったあと、彼女は引きこもりを卒業していた。そして人が変わったように、自身の力を卑下《ひげ》することも隠すこともなくなった。

彼女はいま、その力を存分に活かした活動で全国を飛び回る生活を送っている。

不眠症に悩む人たちを対象にした睡眠教室。

子供の寝かしつけに有効な音のプロデュース。

無論、声の悪用を防ぐための対策に抜かりはなく、厳しく目を光らせてもいる。そのことがまた信頼感を高めることへとつながって、メディアへの露出こそ控えているものの、仕事の依頼は日々舞いこみつづけている。

矢面《やおもて》に立つことで受けるバッシングは、ネットの世界だけで活動していた以前とは比べものにならないほど多かった。彼女自身、容赦ない批判に悩む場面もいっそう増えた。けれどいまの彼女には、それらと正面から向き合う覚悟ができている。

そんな彼女に、心安らげる時間というのは果たしてあるのか——。

答えはイエスだ。

彼女にも、何物にも代えがたい憩《いこ》いの時間はちゃんとある。

それは多忙なスケジュールの合間を縫《ぬ》って、母親の墓に参るとき。

「ねぇお母さん、こないだね、こんなことがあったんだよ」

そう言って、心ゆくまで彼女は話しかけるのだ。

その少しのあいだだけ、彼女はまるで少女のような顔に戻る。

墓石の向こうの母親は、彼女の気が済むまでずっと、話に耳を傾けつづける。

Episode 12

靴屋の悲劇

（小人と靴屋）

あるところに、ひとりの靴屋がいた。

ある朝、彼は店舗を兼ねた工房に出てきて驚いた。前日の夜、店を閉めてから完成させ、机の上に置いておいた靴がなくなっていたのだ。

といって、どこかに消失してしまったわけではなかった。どういうわけか靴はきれいに解体され、バラバラのパーツになって机の上に放りだされていたのである。

靴屋は自分の目を疑った。

たしかに昨夜、時間をかけて靴を縫《ぬ》い上げたはずなのに……。

しかし彼は、さらに信じられない事態に見舞われる。

首を傾《かし》げながら工房の隣の店舗部分に足を踏み入れたときだった。売り物を陳列している棚に目をやって愕然《がくぜん》とした。そして、へなへなとその場に崩れ落ちた。

あろうことか、壁の棚に置かれた何十足の靴までもがすべて解体されていて、ただのパーツと化してしまっていたのだった。

いったい何が起こったのか……。

泥棒でも入ったのだろうかと、彼は思った。しかし、泥棒ならば靴を盗むことはあっても、わざわざ解体するなんて真似《まね》はしないはずだ。ネズミの仕業だろうかとも考えたが、バラバラになった革のパーツを確かめてみても歯形らしき痕跡はどこにもなかった。というか、本来ネズミにこんな器用なことができるわけもないのだが、それはまあいい。

靴屋は頭を抱えこんだ。

肝心の靴がなければ、とてもじゃないが商売にならない。自分はいったい、どうすればいいのか……。

唸《うな》った末に、やがて靴屋はある考えを持つに至る。

どうもこうも、やるしかないのだ。

これが夢であったなら……そういくら願おうと、現実が揺らぐことは一ミリもない。それならば、とっとと身体《からだ》を動かして、また靴を作り直す。それしか術《すべ》はないではないか。

靴屋は、一転して沸々とやる気がみなぎってきた。

放心している時間こそが無駄なのだ。この状況は、いわばワードのファイルを保存しないまま閉じてしまい、せっかく書いた文章が全部消えてしまったときと酷似している。ふて寝しても、愚痴《ぐち》を言っても、消えた文章は二度と復活しやしないのだ。むしろ、時間が経てば経つほどやる気は失われる一方で、ついにはレポート自体を提出せずに単位を落としたりし

てしまう。消えてしまった文章は、少しでも内容を覚えているうちに書き直すよりほかないのである。

そもそも、なぜワードには気の利いた保存機能がないのであろうか。

「まだ保存してないけど、本当に消してもいいの？　消すよ？　消しますよ？　恨みっこなしよ？　それじゃあッ！」

ＡＩとかがそう聞いてくれてもよいではないか。あ、新規ファイルのときには聞いてくれるか。ごめん。そうではなく、問題は添付ファイルを開き、そのまま「名前を付けて保存する」をせずに編集したときなのだ。

というか、いつからワードの話になったのだろう。靴屋はワードなんて知らないのに。まあ、この文章はワードで書いてるけどね。

また逸《そ》れた。話を戻す。

というわけで、靴屋がやるべきことはひとつだった。

とにかく靴を作らねば……。

彼は一心不乱にバラバラになったパーツを一から組み立てはじめたのだった。

だが、その努力は翌朝、鮮やかに裏切られることになる。

靴屋が仕事場に出てくると、またやられていたのだ。そこには深夜まで作業して作った何

足もの靴たちが、見るも無残にパーツに解体された姿で横たわっていた。

靴屋は頭の中が真っ白になった。

何なんだ！　何が起こってるんだ！　誰がこんなひどいことを！

それでも彼は何とか気持ちを落ち着かせ、自身にこう言い聞かせた。

切り替えだ。切り替えこそが大切なんだ。起こってしまったことは仕方がない。過去を変えることはできないが、未来は変えられる、なんて言うじゃないか。

いいよ、いいよ！　こっから、こっから！

行けるよ、おれ！　未来を変えようよ！　変えていこうよ！

靴屋は何度も言い聞かせ、また靴作りに打ちこんだ。

しかし、翌朝も靴はバラバラの状態になって発見された。

ここにきて、靴屋は己の浅はかさを猛省した。何が未来を変えようよ、だ。その前に変えるべきは自分自身のほうではないか。

都合の悪いことが起こったら一も二もなくガムシャラになり、勢いだけで問題をなかったことにしようとする。根本的なことと向き合わず、同じミスを繰り返す。そんな悪い癖がこのタイミングで出てしまった。

原因の究明なくして事件の解決は不可能だと、靴屋はようやくそれを悟った。

そして彼は工房に監視カメラを設置した。何が靴を解体させる原因かは分からない。が、こうすることで手掛かりはつかめるはずだと踏んだのだった。

その日の彼は残りの時間でまた靴を何足か仕上げると、工房をあとにした。

次の朝、靴屋は解体された靴たちを横に、カメラの映像を確認して驚愕《きょうがく》する。そこにはなんと、小さな人間――コビトたちが映りこんでいたのである。

映像を拡大しながら、彼は事の仔細《しさい》を追っていった。

コビトたちの悪行《あくぎょう》は、ここにすべて明らかとなった。

深夜にどこからともなく現れたコビトの集団は、きゃっきゃと楽しそうに声をあげながら工房の中をうろついていた。そして机の上に並んだ靴を見つけると、ご丁寧《ていねい》に一本一本糸をほどき、解体していっていた。その手口は見事なもので、あっという間に靴はパーツに戻されていく。

最初こそ、靴屋は初めて目にしたコビトという種族に驚いていた。しかし、その嬉々とした様子を見ているうちに次第に驚きは消え去って、代わりに猛烈な怒りが湧いてきた。

ふざけるなッ！　とっつかまえて犯行に及んだ動機を吐かせてやる！

そのとき、靴屋はある童話を思いだした。それは夜中にコビトが現れて、ひそかに靴を作ってくれるという物語だ。

あの話は、いったい何だったのだろうか。コビトが靴を作ってくれるぅ？　はぁ？　どこがやねんっ！　真逆のことが起こってんじゃん！　この嘘つき童話がぁっ！

失礼、と彼は平静さを取り戻す。童話に八つ当たりしても意味がない。いまは、やつらを捕まえて糾弾《きゅうだん》するよりほかはない。

その夜、靴屋は寝ずの番をすることにした。物陰に隠れ、一晩中張り込むことに決めたのだ。現行犯で捕捉してやろうではないか。

しかし、待てども待てどもコビトはなかなか現れなかった。そのうち、昨晩やつらが出てきた時刻が過ぎていったが、気配さえもまったくなかった。

やがて靴屋の緊張も緩んできて、だんだん眠気が襲ってくる。

もしかして、すべては幻覚だったのかなぁ……。

靴屋は、考えるともなく考える。

たとえそうではなかったとしても、だ。コビトにやられただなんて、誰が信じてくれようか……いや、こっちには証拠のVが残ってるんだ……でも、CGだと思われたらどうしよう……。

次の瞬間、彼はびくっと反応する。そしてあたりをきょろきょろ見回す。

一瞬、状況がよく分からなくなっていた。ここはどこだ、いったい何をしてるんだっけ

……？

そのうち思考がはっきりしてきて、いつのまにか自分は眠りこけていたのだと理解する。

「しまったぁっ！　靴ゎぁっ⁉」

跡形もないのだった。

靴屋は自分を激しく責めた。明日こそは万全の態勢で臨まねばと、決意を新たにする。

だが、眠りに落ちた一瞬をついてくるとは、なんたる卑怯《ひきょう》。そういうやつは、地獄に落としてやらなければ割に合わない。その引導は、誰が渡す？　このおれだ。おれがやつらに天誅《てんちゅう》を下す。首を洗って待っていろッ！

翌日の夜、靴屋は前日の失態を繰り返さぬよう、見張る前に心臓がドキドキするほどの大量のコーヒーを摂取した。今度こそ、これでうたた寝の隙をつかれることはないだろう。

しかし、これがいけなかった。カフェインの取り過ぎで、靴屋は見張るうちに手洗いに行きたくてどうにも我慢ができなくなった。そしてついに臨界点を突破しそうになったとき、彼は諦めの境地でおとなしくその場を離れた。戻ってきたとき靴はどうなっていたかというと、言うまでもないことだろう。

それからというもの、靴屋は靴作りの合間を縫って——希望を失わず彼は靴を作りつづけた——コビト捕獲のいろいろな作戦を考えた。

やつらが怖がるかもしれないと、猫を飼ってみたりした。しかしカメラには、すっかり手玉に取られ、猫じゃらしで遊んでもらっている猫の姿が映るのみ。

大きな金庫を買ってきて、作った靴を中に入れてみたりもした。が、コビトたちは金庫をバールでめった打ちにした挙句《あげく》にこじあけて、靴の解体は言わずもがな、せっかく買った金庫だからと一緒に入れた無関係の書類までもビリビリに破いていってしまった。

彼は頭を巡《めぐ》らせつづける。

やつらはまるで、嫌がらせのプロではないか……。

そう考えて、あっ、と靴屋はあることを思いつく。もしかすると、コビトたちは自分に恨みのある者が金で雇っているのかもしれないぞ。恨まれるようなことをした覚えはないけれど、仮にそうなら、やりようがある。つまり、逆にコビトを金で買収してしまうのだ。

これは名案かもしれないぞ。

靴屋は僅《わず》かばかりの貯金を切りくずし、靴と共にそれを机の上に置いておいた。悔しい気持ちはあるものの、金で一切が解決するなら払ってやろうではないか。ついでに領収書ももらって経費にしよう。そんなことを考えていた。

しかし翌日、カメラの映像を確認すると、コビトたちはしっかりと金だけ盗《と》ってやりたい放題。まさかの悪行に、靴屋は呆然《ぼうぜん》となる。

やつらに少しでも期待をした自分が愚かだった。こういうときはケチってはいけないのだ。そう思い、いくらか余分に包んだことも、かえって裏目に出た形。

彼は絶望の淵に立たされた。

悪人がひどい目に遭うのなら、まだ分かる。だがなぜ、これまでまっとうに生きてきた自分がこんな目に遭わねばならんのだ。

これこそが災難というやつなのだろうなぁと、靴屋は思う。災難とは、ある日とつぜん理不尽に降りかかってくるものなのだ。それはいくら嘆いたところで避けられるようなものではない。が、その対象が自分であるというのは、やっぱり嫌なことだよなぁ……。

そもそも、いつだって善良な人間はバカを見るんだ。

靴屋はだんだん苛立《いらだ》ってくる。

世の中を見ろ。まっとうな人間が優遇された例がどこにある。いつも決まっていい加減で無責任なやつらに振り回されて、泣き寝入りをするばかりじゃないか。いいように良心を弄《もてあそ》ばれて、めんどくさいことを押し付けられるのが関の山だ。なんたることッ！

靴屋の怒りは加速度的に膨らみを増す。

やがて歯ぎしりをしている自分に気がついて、ハッと我に返ってぞっとする。こんなことは、これまでにはなかったことだ。まさしくやつらに振り回されて自分を見失っているでは

ないか。

靴屋はなんとか怒りを鎮《しず》める。気持ちを落ち着け、いま一度考えてみる。

やつらは結局、何が目的なのだろうか。自分に靴作りをやめさせたいのか。

もしそうならば、これまではマイナス方向にばかり考えていたが、こう考えてみるのはどうだろう。

このまま靴作りを続けていたら、いずれ不幸が訪れる。コビトたちは、それを警告してくれているのかもしれないぞ。

だが、と靴屋は思う。それならそれで、別のやり方があるはずだ。わざわざこういうやり方を選択してくる以上、やつらに好意など存在しないと思っておいたほうが身のためだ。包んだ金も完全に盗まれたし。

不毛な戦いだなぁ、と溜息《ためいき》をつく。これがずっとつづくのなら、いっそのこと、本当に店を閉めたほうがいいのかもしれないなぁ。彼は心が折れそうになる。

いや、それではダメだ。悪には敢然《かんぜん》と立ち向かわねばならないのだ。やりたいようにさせてなるものか。悪人がうまい酒を飲むための肴《さかな》を、みすみす提供してはならないのだ。

靴屋は、コビトとの全面戦争を心に決めた。そして、力業《ちからわざ》に打って出た。

彼は、死にものぐるいで靴を作った。要は、コビトが解体しきれぬ量の靴を用意すればいい

いだけのこと。圧倒的な物量で対抗すれば、やつらも根負けするに違いない。そうすれば、自《おの》ずとやってこなくなるはずなのだ。

それにはやはり、ひとりの作業では限界があった。

そこで靴屋は求人広告を出し、アルバイトを雇うことにした。たくさん雇うに越したことはなかったが、残り少ない貯金からバイト代を払わねばならなかった。彼は通帳の残高を見て躊躇《ちゅうちょ》したが、えいやと決意を固め、二人のアルバイトを雇うことにした。

日中はバイトの二人に靴を作ってもらう。自分はそのあいだ休眠し、夜になると彼らと交代。見張りながら靴を作る。盤石《ばんじゃく》の二十四時間体制だ。

バイトには、もろもろの事情は伏せておいた。コビトたちが現れるのは夜だから、昼間は大丈夫だろうと考えてのことだった。それに、下手に教えてコビト見たさに集中力がそがれても困るし、SNSで呟《つぶや》かれて世間から不要な注目を集めても困る。それでも靴屋は念のため、二人揃《そろ》って休憩したりはしないようにと伝えておいた。

だが、まんまと裏をかかれてしまう。今度は、日のあるうちにやられたのだ。

交代にやってきた靴屋は、解体された靴を見て目を剝《む》いた。そして工房に姿が見えないバイト二人の名前を呼んだ。

彼らは工房の奥の給湯室から現れた。手にはビールの缶を持っている。

バラバラになった靴を見て目を丸くするバイトたちを、靴屋は詰問《きつもん》した。するとどうやら彼らは意気投合し、ノルマが終わったのをいいことに奥でプチお疲れ様会をしていたことが判明した。靴はその間にやられたに違いなかった。

「なに考えてんだよ……」

靴屋が苛立たし気に呟くと、二人は不愉快そうに眉をひそめた。

「いやいや、ノルマは終わってたんっすよ？」

「そういう問題じゃないんだよ」

その言い方に、バイトたちは「はぁ？」と大いなる遺憾の意を示した。

もとより、彼らからすれば一生懸命作った靴がなぜだか解体されてしまっているのだ。あまり気分のいいものではないし、どうしてこんなことになったのかと尋ねても、店主は「それはきみたちには関係ない」と言って頑《かたく》なに説明を拒否するのである。

ってか、おれらの作った靴、こいつが壊したんじゃね？

バイトの二人は、次第にそう勘繰《かんぐ》りはじめた。この靴屋は他人の努力を陰で踏みにじって嘲笑《あざわら》う、異常な性格の持ち主なのではないだろうか。人が一生懸命作った靴を解体し、それをあたかもこちら側に非があるかのように罵倒して、責められ落ち込んだ様子を見て喜悦《きえつ》する。これは、そういう趣向のバイトだったのではないか。

その当然の結果としてバイトに逃げられた靴屋は、心の底から絶望した。人件費の払い損どころの話ではない。もう何をやってもうまくいきっこない。打てるだけの手を打って、この有様なのだ。もはや、どうしようもないではないか……。

そしてとうとう、靴屋は体調を崩して寝込んでしまった。

床の中でも、靴屋は悪夢にうなされてばかりだった。彼の心はすっかり折れ、もはや立ち直ることは困難だった。

それから幾日か経過し、靴屋もいくらか調子を取り戻した。そうなってみて、彼はいま一度、今後の身の振り方について真剣に考えた。

靴を作りつづけることは、ある意味容易だ。けれど、作ったそばからそれが解体されることについてはどうか？　こんな状態がいつまでつづくか分からないし、あるいは永遠につづいていくのかもしれない。そんな中でも、自分は靴作りをつづけていく覚悟が果たしてあるか？

靴屋はついに、工房を閉めることを決心した。今後のことは、また落ち着いてからゆっくり考えよう……。

彼は荷物を引きあげるため、とぼとぼと工房へと赴《おもむ》いた。

不在の間にさぞかしひどいことになっているだろうなぁと、靴屋は思った。コビトに襲撃

されて工房も店舗も荒らされていることだろうし、最悪、建物自体がバラされてるなんてこともあるかもしれない。あはは。もうどうにでもなってくれ。

ところが建物は、変わりなくそこにあった。

靴屋は思う。

それならきっと、工具や材料がきれいさっぱり盗まれているのだろう。未練を抱く余地もないほど、こてんぱんにやってくれていることだろう。

しかし、中に入って靴屋は口をあんぐり開ける。

その光景を目にした途端、彼は極度の混乱状態に陥った。

もはや、何が何だか分からなかった。あまりに理不尽な出来事に、脳の処理が追いつかなかった。そして靴屋は何やらモゴモゴ呟いた末、とうとう泡を噴いておかしくなった。

どういう因果なのだろう。

棚という棚の上には、比類ないほど立派な靴がズラリと陳列されていた。

Episode 13

ハーメルン科

（ハーメルンの笛吹き男）

ある音大のハーメルン科という学科では、一風変わったレッスンが行われている。

「違うッ！　全然違うッ！」

激しい怒りの声が飛び、ひとりの生徒が首を竦《すく》める。教室の床には、何匹ものハムスターたちがうろうろしている。

怒声を発した主はこの学科の教授で、生徒たちから畏怖《いふ》をこめて〝夜叉《やしゃ》〟と呼ばれる銀色の長髪男性だ。冗談交じりにかわされる噂によれば、教授は夜な夜な子供をさらい、それを食らっているらしい。肌が妙に艶《つや》っぽいのは人の生き血を啜《すす》るからで、口のまわりに赤いものがついているのを見た生徒もいるという。

もっとも、火のないところに煙は立たない。噂のもとは、彼の特殊技能に由来していた。

「違う違う違ぁぁうッ！」

教授は席から立ちあがり、自分の笛を手に持った。

「おまえの音には全然心がこもってなぁぁいッ！　こうやるんだぁッ！」

そして彼は、そっと笛を口に当てる。

その次の瞬間だ。

教室の中に笛の音が響きはじめた。と同時に、床に放されていたハムスターたちの動きにも、ある変化が起こりはじめる。だんだん動作が緩慢《かんまん》になり、やがて教授のほうへと一斉に歩きだしたのである。

ハムスターたちが近くにくると、教授は笛から口を離した。するとハムスターたちはハッとしたように動きを止めて、しばらくするとまた教室中に散っていった。

「ちゃんと聞いたか？」

「は、はいッ！」

「よし！　では、もう一回ッ！」

生徒は手にした笛を口に当て、息を吹き込む。笛の音が鳴りはじめる。が、ハムスターたちはいつまで経っても勝手に動き回っているばかり。

「違ぁぁぁうッ！」

生徒は、ひぃっと首を竦める。

ここハーメルン科が掲げているのは、優秀な笛吹きの育成だ。

ただし、育てるのは普通の笛吹きなどではない。特殊な笛で、生き物たちを操ることができるような人材である。

その学科を代表しているこの教授は、業界では知らぬ者がいないほどの天才笛吹きだ。仕事で世界中を飛び回る合間を縫《ぬ》って大学で教鞭《きょうべん》をとっているのだが、彼の手に掛かって操れないものはないと言われている。ゆえに、夜叉が子供をさらっているなどという物騒な噂が面白半分に語られるのだ。

「もういいッ！　次ぃッ！」

教授の声に生徒は下がり、別の生徒が前に出る。

「ほぅ、次は葦田《あしだ》か。どれ、やってみなさい」

葦田と呼ばれた生徒は、一礼して笛を構えた。

そして、それを吹きはじめた直後のことだ。ハムスターたちに如実な変化が現れた。教授が示した手本のように動きが遅くなりだして、ついには彼の周囲にふらふらと集まってきたのだった。

「コングラチュレーション！」

教授は言った。

「素晴らしいッ！　いつも通り、パーフェクトだッ！　このレベルは、きみには簡単すぎるかな？」

「い、いえ……」

笛を下ろして恐縮する葦田の横で、教授は言う。

「きみたちも彼を見習いたまえ。こんなネズミなんぞに手こずりおって。まったく練習がなっておらんッ！　もっと死ぬ気で練習をするようにッ！」

そう言って、教授は銀髪を靡《なび》かせ去っていった。

教室のドアがバタンと閉まると、緊張感が一気に緩んだ。

生徒のひとりが葦田に言った。

「ほんとすごいよなぁ……」

それをきっかけに、生徒たちは口々にこぼした。

「今日もお見事だったもんなぁ」

「夜叉が褒《ほ》める気持ちも分かるわぁ」

「ほんと毎回、一発で合格するんだもんなぁ」

大学に入学してから、彼らハーメルン科の生徒たちは一人前の笛吹きになるべく様々な訓練を積んできた。

そもそも笛吹きが使う楽譜は、通常の楽器のものとはまったく異なる古代文字で書かれている。そのため、読み方を一から習得せねばならなかった。専門の呼吸法も学ばねばならなかったし、筋力と体力強化のトレーニングも必須だった。

それらを一年間みっちりやって、二年になってようやく本格的な笛吹きの練習に入っていくのだ。

その最初の実技は昆虫を操ることからスタートする。覚えなければならない曲は無数にある。アリならアリ、蝶なら蝶といった具合に、操りたい相手によって効果的な曲が違ってくるのだ。生徒たちは、節目節目に出されるそれらの課題曲を必死に習得するわけである。

そうして三年生にあがると操る対象は哺乳類へと変わり、曲の習得難度もぐっと上がる。それというのも、ミスなく吹けばそれなりに操れてしまう昆虫に対し、哺乳類の場合は小手先のテクニックだけではどうにもうまくいかないからだ。

その点、葦田は他の生徒とは明らかに次元が違っていた。どんな動物が課題曲として出されようとも、ものの見事に一発で習得してしまってきた。

「コツとかあるの？」

ひとりが聞くと、葦田は答える。

「コツっていうか、えっと、まあ……」

「やっぱりあるんだ！　なぁ、教えてくれよ！」

「ええっ？」

「あっ、ずるい！　私も私も！」

別の生徒も口を開く。それを機に、おれも、私も、と声があがる。

「なっ？　頼むッ！　焼肉の食べ放題、奢《おご》るからさッ！」

「いや、焼肉なんて、そんな」

葦田は言った。

「えっと、ぼくでいいなら……」

生徒たちは歓喜した。

「よっしゃあ！　よろしく頼むよッ、葦田先生ッ！」

こうして、自主練の時間に生徒たちは葦田に教えを乞うようになった。

「てかさ、夜叉が言ってる心をこめるっての、あれってどういうことなの？」

練習スタジオの中で、ひとりが尋ねた。

「うーん、改めて聞かれると……」

しばらく考え、葦田は言う。

「強《し》いて言えば、相手のことを思うっていうか……」

「思う？」

「共感していくっていうか……」

「都合よく操ろうとはしないってこと?」

「そうそう! そんな感じ!」

「なるほど……」

生徒たちはさっそく散って、連れてきたハムスターを各自放って笛を奏《かな》ではじめてみる。

が、スタジオはたちまち騒ぎになった。

「わっ! おれのハム、そっちに逃げたわ!」

「あれっ! 私のが一匹足りない!」

そのとき、誰かの笛の音が高らかにスタジオ中に鳴り渡った。それは葦田による音だった。

次の瞬間、好き放題に駆けまわっていたハムスターたちは動きを止めて、葦田のほうへと一斉に駆け寄りはじめた。そして彼の周囲に集まると、そこからじっと動かなくなった。

「すげぇ……」

みなは葦田へ尊敬の眼差《まなざ》しを注ぎながら、また練習に励みはじめた。


三週間後、再び教授に見てもらえるレッスンの日がやってきた。

この日は葦田を除き、前回散々だったハムスターでの再試が行われることになっていた。

「きみたち、少しは練習してきたんだろうね」

教授は言った。

返事はないが、教室にはいつもと違う雰囲気がみなぎっているのが伝わってくる。

「では、最初の生徒、はじめなさい」

ひとりの女子生徒が前に出た。手にした笛を口に当てると、曲がはじまる。

「ほう……」

教室中に散らばったハムスターたちに変化が起こったのは、教授が呟《つぶや》いたと同時だった。

ハムスターたちは一斉に物陰から顔を出し、女子生徒に向かって駆けだしたのだ。

「なるほど、非常によろしい」

教授は成果を見届けると、満足そうに口にした。

「次ッ！」


その日の夜、生徒たちは焼肉屋に揃《そろ》っていた。

「いやあ、葦田のおかげだよ！」

ビールをぐいぐい飲みながら、久しぶりに爽快感にあふれた時間をみんなで過ごす。

「お礼だからさ、好きなだけ食べてよ。まあ、もともと食べ放題なんだけど」

みんなで笑い声をあげる。

レッスンが終わったあと、教授からはこんな言葉を掛けられていた。

「きみたち全員、コングラチュレーションだよ。じつに素晴らしい演奏だった。この短期間で、いったい何があったんだ？」

まあいい、と教授は言った。

「この調子でつづけるようにッ！」

「はいッ！」

なぜか葦田も一緒になって、つい返事をしてしまったのだった。

と、時間が進んで酔いもいい感じで回ってきたころ、ひとりが言った。

「でも、もう卒業まで一年ちょっとかぁ」

「春になったら四年だよ。早いなぁ……」

場がしみじみしはじめる。

「四年になったら、いよいよ人を操るレッスンだな」

「めちゃくちゃ難しいんだろうなぁ……」

「てかさ、就職先もぼちぼち決めないとだよなぁ」

「みんなどこに行きたいの？」

「うーん」

「迷うよねー」

ハーメルン科の卒業生は引く手あまただ。

企業と専属契約を結ぶ者。事務所に所属して多様な仕事をこなす者。自分で会社を起こす者。

大学を卒業するころには、彼らは人を操る業《わざ》――笛一本で人を集められる術《すべ》を身に付けている。ある条件にあてはまる人たちだけに効果を発揮できる曲。不特定多数の人たち相手に効果を発揮できる曲。それらを吹き分ける腕のいい笛吹きは、とりわけ引っ張りだこである。

たとえば、こんな仕事が存在する。ラーメン好きを、新装開店したラーメン店へと引き寄せる。音楽に興味関心のある人たちを、売り出したいバンドの初ライブへと誘いだす。業界を志望する学生たちを就職説明会へと招き寄せる。

無論、いくら親和性の高そうな人を集めたところで、中身がなければすぐに人は離れていく。が、そうでなければファンも自《おの》ずと増えていくという寸法だ。笛の音は効果が切れると聞いた事実をすっかり忘れてしまうので、笛吹きの存在も世間に知られることはない。

人数を集めること自体に重きを置いた仕事もある。新型電子機器の発売日や大型商業施設のオープン初日にそれは多く、人をたくさん集めてお祭り感を演出するのだ。その様子をメディアが流し、刺激を受けた人たちがまた多く集まってくる。そんな好循環の背景には、人

知れず笛吹きが関わっているわけなのだ。

「就職先、葦田くんはどうするの？」

尋ねられ、彼は答える。

「ぼくは自然にかかわる仕事に興味があって……」

「自然？」

「うん、環境破壊で行き場をなくした生き物を別のところに誘導したり、きれいになった川に生き物を呼び戻したり……」

「変わってるねぇ。でも、葦田くんにはぴったりだね」

葦田は無邪気な笑みを浮かべるのだった。

葦田の教えが実を結んだこともあり、生徒たちは次々に課題曲をパスしていった。

やがて三年生の最後、猿を操る課題を無事に終え、彼らはついに四年に上がった。

「今日からはレベルが桁違《けたちが》いになると思いたまえ」

教授は生徒たちに言い、パチンと指を鳴らして合図をした。と、カートに乗った子供たちが教室の中へと入ってきて、一人ずつ床に降ろされた。彼らは大人の手から解放されるや、奇声をあげて教室の中を駆け回りだす。

「きみたちのために、附属幼稚園に協力してもらった。先日のオリエンテーションで説明したように、四年最初の課題はこの子たちを操ることだ。彼らは純粋で操りやすいところがある反面、笛の力を凌駕《りょうが》しうるパワーを秘めている。そこにどう立ち向かうかが腕の見せ所だな。おっと、ヒントの与えすぎはよくないな。それでは最初の者、前へ」

教授に言われ、一人目の生徒が進みでる。

「準備ができたら……はじめッ！」

その直後、笛の音が鳴りだした。

しばらくは何も起こらなかった。子供たちは見向きもせずに遊んでいた。しかし、次第に様子が変わる。動きがだんだん鈍くなり、目がとろんとしはじめる。

「そこまでッ！」

教授は言った。

「いいだろう。出だしとしては、まずまずというところかな」

教授にしては賛辞に近い言葉だった。褒められた生徒は頬を上気させながら後ろに下がった。

「次ッ！」

生徒たちは代わる代わる笛を吹いていく。すっかり実力をつけた彼らは、そのことごとく

が同様か、それ以上の成果を見せていく。教室は、依然として笛の音が聞こえないほど子供の声で騒がしい。が、笛吹きの奏でる音は、もとより周囲の音とは無関係に遠くのほうまで伝わる力を持っている。

「よぉし。次の葦田でラストか。いつでもやってくれたまえ」

期待してるぞ。そんな言葉が聞こえてきそうな口調だった。

「お願いします」

そう言って一礼すると、葦田は笛を構えて息を吸った。

そして音が鳴りはじめる——。

しかし、葦田の笛を聞いた子供たちに目立った変化は現れなかった。彼は懸命に演奏をつづけた。が、子供たちは相変わらず思い思いに過ごしているばかりである。

しばらく経って、全員がおかしいなと思いはじめた。葦田の奏でる音がちぐはぐな感じになってきたのだ。明らかに、修正しようと力んでしまっている様子だった。

教授は終始、何も言わずに聞き入っていた。だが、やがて首を振って口を開いた。

「そのあたりでやめたまえ」

静かな口調が、かえって失望の色を際立たせた。

「す、すみませんッ！　もう少しだけお時間をッ！」

葦田の声に、教授は返事をしなかった。葦田はその意味を察すると、顔を伏せたまま身を引いた。

「全員、次回までにいっそう研鑽《けんさん》を積んでくるように」

それだけ言うと、教授は教室を出ていった。

葦田はずっと下を向いて突っ立っていた。笛を握るその手は震えていて、生徒たちは誰も声を掛けられなかった。

次のレッスンでも、その次のレッスンでも、それまでの成績が嘘のように葦田の調子は上がらなかった。やがてほとんどの生徒が完璧に子供へ効果を及ぼせるようになってからも、彼だけは何とか子供たちの動きを止めるので精一杯だった。

つづく大人相手の課題でもそれはまったく変わらずに、葦田は思うような成果が出せなかった。しかし、教授にしては珍しく、発破《はっぱ》をかけたりすることはなかった。

「まあ、ギリギリ及第点というところだろう」

最後のレッスンの日、教授は葦田にそう言い渡した。

そして教授はそのまま生徒のほうへ向き直ると、全員に告げた。

「さて、これで人間を相手にした基礎訓練は終わりとなる。ここからは卒業に向けて、おのおの自主練に励むように。そして肝心の卒業課題だが……今年はホールで実施することが決

定した」

教授は、ある会場の名前を口にした。それは郊外にある大規模なコンサートホールで、森林に囲まれた森の音楽堂として知られている場所だった。

「きみたち全員の演奏で、時間内にホールを満員にすること。それが課題だッ！」

「はいッ！」

やる気に満ちた表情で、生徒たちは散っていく。

そんな中、葦田だけが取り残されて、暗い顔で項垂《うなだ》れていた。

「葦田」

突然声を掛けられて、葦田はふと顔をあげた。

するとそこには教授がいた。そして手にした紙束を差し出した。

「これは……？」

「きみの楽譜だ」

「ぼくの？　どういうことですか？」

「卒業までに習得しなさい」

教授はポンポンと肩を叩いて去っていった。

　コンサートの日がやってきた。

「緊張するなぁ……」

「できるかなぁ……」

　生徒たちは幕の後ろにスタンバイしながら囁《ささや》いた。

「とにかく、ひとり頭のノルマだけは達成しないといけないね」

　お互いに強く頷《うなず》き合う。

「それじゃあ、がんばっていこうッ！」

　そう言った直後だった。生徒のひとりが声をあげた。

「葦田ッ！」

　視線をやると、なぜだか無精ひげにボサボサ頭の彼の姿がそこにあった。

「どうしたんだよ！　そんな格好で！」

「っていうか、今までどこ行ってたの⁉」

「みんなで心配してたんだよ⁉」

　その言葉の通り、卒業課題が発表されたその日以来、葦田はみんなの前から姿を消していた。誰が電話をしても圏外で、メッセージを送っても返事はなかった。それぞれが嫌な予感を抱えたまま、この日を迎えていたのだった。

「ちょっとね……」

「ちょっとねじゃねーよ！　いったい何やってたんだよ！」

ごめんよ、と葦田は言う。

「笛の練習をしてたんだ……」

「はぁ？　どこで練習したらそんなに汚くなるんだよ！」

そのとき、開演を知らせるベルが鳴り、生徒たちは会話を切りあげざるを得なかった。

「とにかく、あとで事情を聞くからなッ！」

その直後、幕が徐々にあがりはじめた。

ホールの客席には、銀髪の教授を筆頭に先生たちが座っていた。

その他には誰の姿も見当たらない。

制限時間は一時間。これから生徒たちが笛の力で人を集めねばならないのである。

客席を照らすライトが落とされて、ステージだけが明るくなる。

彼らは一斉に笛を構える。そして音を響かせはじめた。

しばらくすると、さっそく人が入ってきた。その客は空いている席に腰掛けると、うっとりした表情で演奏に耳を傾けだした。

それを皮切りに、客席はどんどん埋まりはじめた。

ひとりひとりの笛吹きは、得意な曲をてんでバラバラに奏でている。にもかかわらず、全体で聞くと不思議な統一感があった。音同士が絡み合い、相乗効果を発揮しているようにも感じられた。

生徒は演奏にのめり込み、客席を気にする余裕はまったくなくなる。

三十分でざっと半数の席が埋まり、四十五分で七割方が埋まったように見受けられた。

残り時間はあと十五分。

しかし、そこから先が苦戦した。

残り五分で、まだ八割。

万事休す、目標未達成のまま終わるのか――。

「そこまでッ！」

教授が叫び、生徒たちは演奏を止めた。

彼らは薄闇に包まれた客席に目をやった。そして大いに落胆した。壇上からも、まばらにある空席が目に入ったのだ。

課題をこなすことができなかった……。

そう思った瞬間だった。

「きみたち、よくやった！」

教授が大きな拍手をしながら立ち上がった。他の先生たちからも拍手が起こる。

「コングラチュレーションッ！」

生徒がポカンとしていると、教授は逆に目を見開いた。

「どうしたんだ？　揃いも揃ってそんな顔で。ああ、なるほど」

教授は言った。

「そこからだと見えにくいのかな？」

そのときだ。生徒のひとりが、あっ、と叫び、つづいて同じような声が上がりだした。

あたりは騒然とした雰囲気に包まれる。混乱の渦が巻き起こる。

「ようやく気がついたようだなぁ」

「きょ、教授ッ！　どういうことですかッ!?」

生徒の声に、教授は答えた。

「どうもこうも、見ての通りさ。葦田、説明してやりなさい」

生徒たちは一斉に葦田を見やった。

葦田はどこか照れくさそうに頭を掻《か》いた。

「えっと……じつは、彼らはぼくが呼び寄せたんだ……」

「呼び寄せたって、どうやって！」

生徒が叫ぶ。

「だって、笛吹きは一度に一種類しか呼べないじゃんか！　こんなの不可能だッ！」

「その不可能を可能にしてくれる曲が存在するんだ。ぼくも教授に教わって初めて知ったわけだけど……」

教授が横から割り込んだ。

「もちろん、曲の習得難度は超弩級《ちようどきゆう》なわけだがな。加えて、多種族に同時に働きかけることのできる特殊なセンスも必要になる」

教授の言葉にはにかみながら、葦田はつづける。

「それでぼくは、ずっと森にこもって練習をつづけてたんだ。ギリギリ間に合ってほんとによかった……」

生徒たちは、やっとすべてに合点がいった。

葦田が姿を消した理由。そのあいだ、彼が何をしていたのか。葦田が抜群に得意なこと。

そして目の前にいる大小様々なものたちの影。

客席のところどころ、いや、通路や手すりにまで集まってきていたのは、ほかならぬ種々の動物たちだったのである。

「誰も、ホールを人間で満員にしろとは言っておらん」

教授はニヤリと笑った。

「ぜんぶ合わせると満席どころか立ち見もおるくらいだなぁ。いや、立ち見どころか飛んでおる客人もいるようだ」

そして教授は高らかに言った。

「きみたちは見事に最終課題をクリアした……よってここに、全員の卒業を認定することとするッ！」

わぁっと大きな歓声が上がり、生徒たちは抱き合ったりハイタッチをしたりして大いに沸く。

そんな中、教授が最後にこう言った。

「これに満足することなく、ますます精進してほしい。そしていつか、笛一本で何でもこなす一流の笛吹きになってくれることを願っている。そう……」

教授は大いに胸を張る。

「きみたちみたいな優秀な人材をうちの学科に集めてきた、この私のようになッ」

Episode 14

夕陽売りの少女

（マッチ売りの少女）

ある夕方。久しぶりに仕事を早く切り上げたおれは、駅からの家路を歩いていた。

西日が眩《まぶ》しい。

ふと、その陽の中に逆光となって浮かび上がる人影があった。近づくにつれて姿が明確になっていく。影の正体は少女だった。

こんな道端で何をやっているのだろう。ぼんやりとそう思いながらも、そのまま通り過ぎようとした。

そのときだった。

「ねぇ、おじさん」

すれ違いざま、少女から声を掛けられた。

おれは足を止めて振り向いた。間違いなくこちらを見ていることが分かると、戸惑いつつもそれに応じた。

「なんだい？」

「夕陽はいかが？」

「夕陽？」

いったい何のことかと思った。

「どういうことかな？」

すると少女は斜めに掛けた革の鞄《かばん》のファスナーを開け、中から何かを取り出した。

「これ買わない？　わたし、まだ見習いなんだけど……」

「うん？」

少女が差しだしたのはマッチ箱と思《おぼ》しきものだった。おれは受け取り、まじまじ眺める。

箱にはオレンジ色に輝く丸い夕陽が描かれている。

「マッチかい？」

マッチなど久しく目にしていなかった。それに、よもや本物のマッチ売りの少女に出会う日が来るなんて夢にも思わなかった。

ところが少女は首を振り、こんなことを口にした。

「それはただのマッチじゃないの。夕陽をともせるマッチなの」

夕陽、と、おれは呟《つぶや》く。

「まあ、いいわ。試しに体験させてあげる。ちょっと貸して」

そう言うと、少女はおれから箱を取りあげ蓋《ふた》を開けた。上から覗《のぞ》くと、マッチがたくさん

詰まっている。

「なんだ、やっぱりマッチじゃないか」

その言葉には反応せず、少女はそれを一本取りだす。そして蓋を閉じると、側面でカシュッと擦《す》った。

マッチに火は――つかなかった。

あちゃあ、売り子なのに失敗しちゃったか……。

そう思った直後のことだ。

「おじさん、ちゃんと見て」

手元を見ると、少女がマッチを差しだしていた。おれはその先端に目をやった。そして妙なことに気がついた。

火はまったく出ていないにもかかわらず、マッチの先端が眩《まばゆ》いオレンジ色に輝いていたのだ。

「はい、どうぞ」

その不思議なマッチを受け取った瞬間、おれは先端の光に強烈に目を引きつけられた。視線を外すことができず、オレンジ色が視界にどんどん広がっていく。やがて、すべてが眩い光で満たされる――。

気がつくと、おれは道に立っていた。

しかし、そこは先ほどまでの場所ではなかった。

いったい何が起こったのか……。

「兄ちゃん、はよっ！」

声がして、反射的に顔を向ける。少し離れたところに少年が立っていた。手にはグローブをはめていて、ポンポンと手で叩いている。

その少年に、おれはどこか見覚えがあった。

いったい誰だろう……。

刹那《せつな》、あっと思うと同時に、一気に記憶がよみがえってきた。

目の前に立っているのは弟だった。それも、間違いない——小さいころの弟だ。

意識のピントが急速に周囲の景色に合いはじめる。どくん、と血が身体《からだ》をめぐった。弟が背にしているのは、いまはなき実家の塀だ。

左を見やり、右を見る。

何十年前の景色だろう。懐かしい両隣の家々が、当時のままで佇《たたず》んでいた。

「なに、ぼーっとしとん！」

弟は塀の前でしゃがむと、キャッチャーのようにグローブを構えた。おれは自然に手元を

見た。軟式の野球ボールがそこにはあった。

次にすべきことは分かっていた。

左足を少し引いて振りかぶる。そして弟のグローブに向け、力いっぱいボールを投げた。

けれど、力んで指先が引っ掛かり、大暴投になってしまった。

あーっという声と同時に、塀を越えたボールがドスンと家の壁にぶつかった。そしてそのまま塀の中の金木犀《きんもくせい》をかき乱しながら消えていく。

「もー、兄ちゃんが取ってきてよー」

「ごめんって！」

そう言って、おれは何となく後ろを向いた。

空には見事な夕陽があって、家々を朱《しゅ》に染めていた。

ああ、もうすぐ陽が沈む——。

「おじさん、おじさん」

ハッとすると、目の前にはあの少女が立っていた。

いつの間にか周囲は元の景色に戻っていて、弟の姿もどこにもない。すべては夢のように消え去って、手元のマッチの先端も輝きを失い黒い塊と化していた。

少女は得意げに口を開いた。

「ね、これで分かったでしょ？」

「いまの全部……」

「そう、マッチの力」

少女は言った。

「このマッチはね、夕陽のように見えるだけじゃないの。人の中にある、夕陽の思い出にも火をともせるものなのよ」

冗談だとは思わなかった。いまの体験が鮮明に残っていたからだ。

それでもおれは、こう言っていた。

「もう一回、試させてもらえないかな？」

少女は少し顔を曇《くも》らせた。

「いいけど……ちゃんと買ってくれる？」

「分かった、買おう。約束するよ」

「……なら、はい」

少女は箱から新たなマッチを取りだして、カシュッと擦った。また先端がオレンジ色に輝きはじめ、それを片手で受け取った——。

おれは電車のホームに立っていた。駅名の書かれたプレートが目に留まり、途端に懐かし

さがこみあげてくる。それは社会人になって最初に住んだ駅の、ひとつ隣の駅の名だった。

おれはホームを降りると改札を抜け、家の方角へと歩いていく。

駅前の商店街は夕方の買い物客で賑《にぎ》わいを見せていた。

肉屋には、主婦や学生の入り混じった列ができている。この店の名物のメンチカツを買うためだ。サクッとした衣に、熱々の肉汁たっぷりの具。休みの日は長蛇の列ができるほどで、一度食べると病みつきになる。

八百屋の店主は女性客と何やら話し込んでいた。魚屋はタイムセールの看板を掲げて呼び込みをしている。

この空気に触れたくて、時折、おれはわざとひとつ隣の駅で電車を降りて家路につくのだ。

路地を曲がって住宅街に入っていくと、次第に人がいなくなる。それに代わり、建ち並ぶ家々の中から人の気配が伝わってくる。

誰かがハンバーグでも作っているのか、タマネギをバターで炒める匂いが漂っている。

坂道を上ると、今度は長い下り坂が待っている。

そのまっすぐ先に、鎮座《ちんざ》するように大きな大きな夕陽が見える――。

「……ありがとう」

おれは、ふぅと息を吐いた。

目には、まだ夕陽が強く焼きついていた。

「よく分かったよ」

そしてマッチの燃え殻を少女に渡すと、おれはこう申し出た。

「もしよかったら、ありったけの夕陽をくれないかい？」

「えっ？」

少女は目を丸くした。

「どういうこと……？」

「いまきみが持っている残りのマッチを、すべて買わせてもらいたいんだ」

「すべてって……えっと、全部ってこと？」

しばらくの間、少女は、えっ、えっ、と混乱した様子を見せていた。やがて理解が追いついたようで、鞄の中から急いでマッチ箱を取りだしはじめた。

「わあっ！」

慌《あわ》てて取りだすものだから、山盛りの箱が崩れて地面に落ちた。

「ご、ごめんなさいっ！　こんなこと初めてだからっ！」

「まあまあ、落ち着いて」

笑いながら一緒に拾うと、おれは箱を自分の鞄へと移していった。

これで全部だと少女が言うと、値段を尋ねた。

こんな素敵なものが手に入るなら、いくら出したって惜しくない。

そう思っていたのだけれど、少女が口にしたのは子供のお小遣い程度の額だった。

「たったのそれだけでいいのかい？」

もっと渡さないと申し訳ないと伝えたが、少女は固辞した。

「これが決まりだから気にしないで。それに、何てったって初めて全部売れたんだから！」

そのときだ。少女が、そうだ、と口にした。

「せっかく記念の日になったから、おじさんにいいものを見せてあげる！　まだ練習中で本当はやっちゃダメなんだけど……今日は特別っ！」

弾《はず》んだ声に、おれは尋ねる。

「いいもの？」

「ふふ、見てて。とっておきの夕陽を見せるから」

言うが早いか少女はまた鞄の中をごそごそやって、ひとつのマッチ箱を取りだした。それは先ほどまでのものとは違って、箱全体がオレンジ色に染まっている代物《しろもの》だ。

少女はマッチを一本取りだし、カシュッと擦った。

その先端に強い光が現れたと思った、次の瞬間だった。

「それっ！」

そう言って、少女はマッチを空に向かって放り上げた。

おれは一瞬、空が燃えあがったかと錯覚した。

すべては突然現れた燦爛《さんらん》たる夕陽のせいだった。

空の半分は群青《ぐんじょう》に、もう半分は朱に染まっていた。鱗雲《うろこぐも》が幾重にも連なって、グラデーションに陰影をもたらしていた。

圧倒的な夕焼けだった。

おれはただ息を呑む――。

そのときだ。少女が突然、あっ、と小さな声をあげた。

「やっちゃった！」

何だ何だと少女の視線をたどっていくと、見上げた空の一角が妙なことになっていた。いくつかの雲が黒くなり、煙のようなものが立っていたのだ。妙な匂いも風に乗って流れてきた。

「どうしよう、強く擦りすぎたんだ……せっかく全部売れたのに、これじゃあ後で怒られちゃう……」

少女は弱々しく呟いた。

それを聞き、おれは悟った。そして少女には悪いなと思いながらも、自然と頬が緩んでしまった。

なるほど、きっと放り投げたマッチの熱で、少女は雲を焦がしてしまったのだろう。

雲の焦げた匂いと一緒になって、おれの記憶にまたひとつ、新しい夕陽の思い出が加わった。

TO BE CONTINUED...

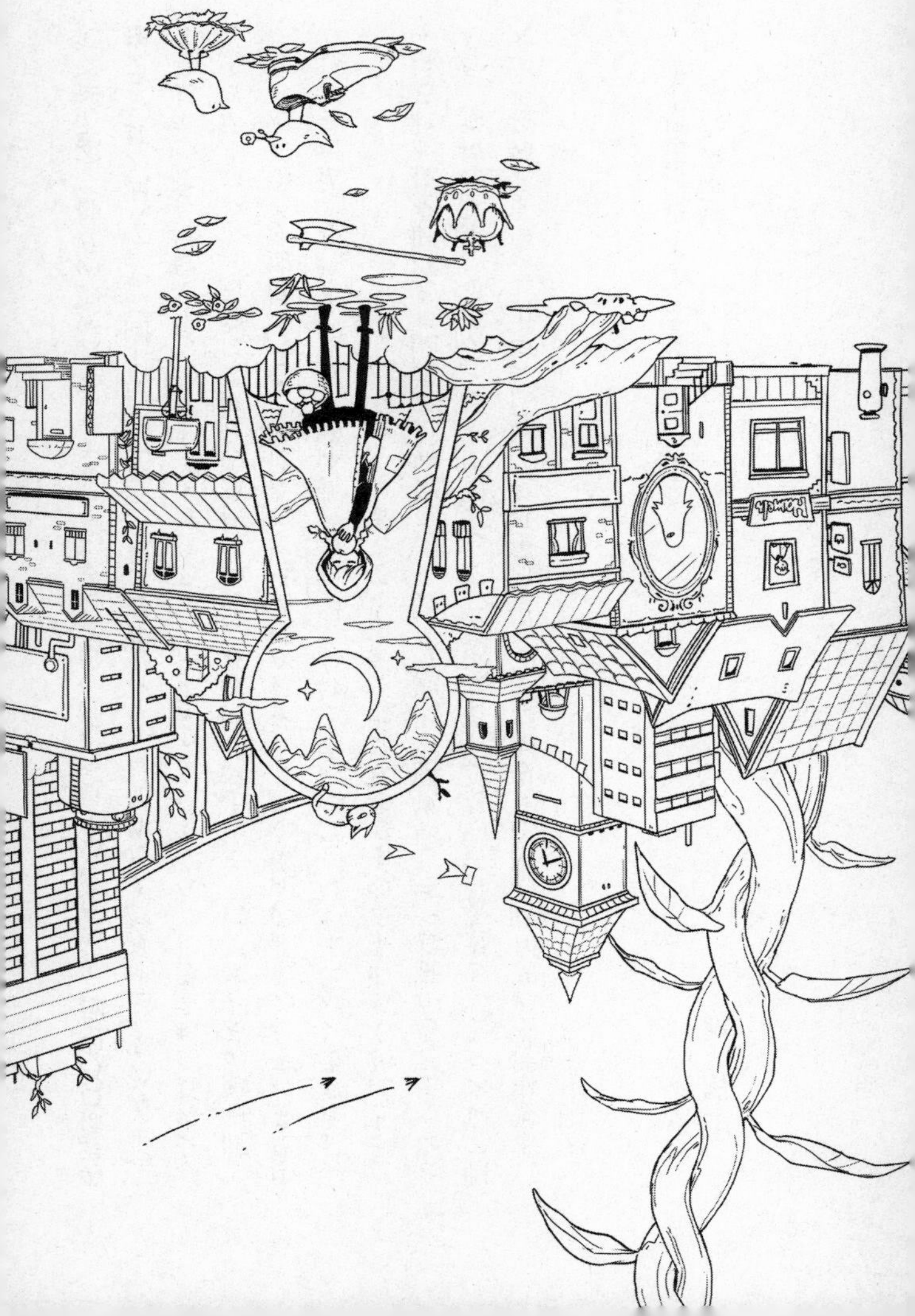

解説

藤岡《ふじおか》みなみ
（文筆家、タイムトラベル専門書店店主）

大胆すぎる。

本書単行本の初刊時の帯に「みんなが知ってる童話を、現代ショートショートの名手が大胆アレンジ！」と書かれていたが、そうは言っても大胆にもほどがある。童話の持つ、なんとなく子どもが読むやさしい物語、というイメージを抱いたまま開くと度肝《どぎも》を抜かれるはずだ。とにかくあの手この手でオリジナルを超えてくる。

『おとぎカンパニー』は、ほかの本とは全く異なる読書体験を与えてくれる。私たちの心の中にそれぞれの童話の記憶があり、それが埋め込まれた伏線となって機能するからだ。

読み始めるとすぐに、モチーフが回収されていく快感のとりこになる。アップルティー、パンの耳、ねずみじゃなくてハムスター……。それはタイトルからすでにはじまっており、「つまみの家」（オリジナル作品は**「ヘンゼルとグレーテル」**／以下同）や「大沢の耳」（**王様の耳はロバの耳**）という言葉を見ただけで思わず笑ってしまう。「教務課の女神」（**金の斧**）で

「あなたが落としたのは、金融工学基礎の単位ですか？」という台詞《せりふ》が登場したとき、そういうことか！　と思わず立ち上がってしまった。たしかに、現代では斧を落とす人よりも単位を落とす人のほうが断然多いのかもしれない。このように本作はあらゆる角度から何度も、そうきたか！　と思わせてくれる。膝《ひざ》を打ちすぎて膝が痛い。

「金融工学基礎の単位」のように、童話に絶対出てこないフレーズにも夢中になった。「いわゆる不労所得というやつで」「絶対に眠れる音源が存在する」「SNSで呟《つぶや》かれて世間から不要な注目を集めても困る」などなど、童話には不似合いな現代的な言い回しがギャップとなり魅力を生んでいる。「豆の木マンション」（**ジャックと豆の木**）で会社員のジャックが「きっとぼくは、この日のために内装の仕事に就《つ》いてきたんだ！」と語った時、何言ってるんだジャック、と心の中でつっこまずにはいられなかった。元の物語と全く別の話として読んでも十分面白いけれど、元ネタを知っているからこそ我に返ってツッコミを入れたくなる瞬間があり、それがたまらなく楽しいのだ。

かと思えば、息をのむような幻想的な美しさにも出会うことができる。「天色《あまいろ》の髪の乙女」（**ラプンツェル**）で夜のプールに浮かぶ白銀色の髪。「草原の少女」（**人魚姫**）の波打つススキ。幼い頃に読んだ大事な絵本の一ページのように、これからも胸に残り続けるだろうと感じるシーンがたくさんあった。モチーフやストーリーを取り入れるだけでなく、童話の持つ大き

な役割も再現されている。

アレンジされているのは決して細部だけではないのだ、と気づいたとき、この作品集の本当のすごさを知った。

特に「赤い頭巾」（赤ずきん）のハードボイルドな世界観には驚いた。それまで無邪気に笑ったりうっとりしたりしていたから、完全に油断した。今度はこうくるのか。ここでもまずはギャップの魅力に惹《ひ》かれたが、これが「赤ずきん」という物語への大いなるアンチテーゼになっていることに気がついてはっとした。オリジナルでは、赤ずきんをかぶった少女と老婆は徹底して守られるべき弱い存在として描かれている。病気の老婆のもとへお見舞いに行く少女を狼が騙《だま》し、二人とも食べられてしまうというストーリーだったはずだ。そして、最後に狼の腹を切り裂いて二人を救出するのは猟師の男である。子どもの頃から、赤ずきんってかわいいイメージのわりに残酷な話だし、なんだか怖いなあと思っていた。なぜ狼に騙されたことを少女が反省しなきゃいけないのかも納得できなかった。

「赤い頭巾」の二人は強い。知恵や工夫で勝つというより、圧倒的な力で勝つ、というのがいい。女は弱いという呪いにドロップキックをくらわすような痛快さにしびれた。

「草原の少女」も、お定《さだ》まりの世界観へのカウンターパンチが鮮やかな作品だ。下敷きになっている原典の「人魚姫」といえば、どうしたって海のイメージが強い。それが美しいスス

キの草原の情景に置き換わっていると同時に、主人公も王子に恋した哀れな人魚姫ではなく少女を追いかける「おれ」に入れ替わっている。それでいて、草原にも波は起こるのだと思わせる心地よい自然の音と、原典の持つ激しいせつなさはそのまま感じさせてくれるのだ。『おとぎカンパニー』。ものすごい取り組みである。驚くような切り口と手法で、あらゆる角度から偉大な物語を換骨奪胎《かんこつだったい》している。これは童話への壮大な挑戦なのかもしれない。

田丸雅智という作家には限界がない、と思う。「大沢の耳」**(王様の耳はロバの耳)**では同級生の耳をパンとして、それがちぎっても次々生えてくるという設定だけでも凄まじいのに、最終的にラスクにする、という流れにはいい意味でゾッとした。田丸作品には、ユーモアや美しさの中に粗《あら》びきこしょうのような狂気がピリッと含まれている。もっとも超越していると感じたのは「靴屋の悲劇」**(小人と靴屋)**だ。突然、作中に著者が登場して「靴屋はワード(文書作成ソフトの／解説者注)なんて知らないのに」とつぶやいたり、「靴屋はある童話を思い出した。それは夜中にコビトが現れて、ひそかに靴を作ってくれるという物語だ」という究極のメタ表現にくらくらした。そこまでいくんだ。いっていいんだ。

田丸さんのショートショートの書き方講座を少しだけ受けたことがある。単語を組み合わせて物語のアイデアのもととなる新しい言葉を作っていく過程で、田丸さんのリアクションがかなり衝撃的だった。私が「そうめんにポケットがついていて……」などと言うと「いい

じゃないですかあ！」「うわ！　面白い！」「そしたらどうなるんですか!!」と食いついてきてくれるのだ。そうめんにポケット、は言い出した私も意味がわからない。ここから面白くできるかも不安だった。しかし、田丸さんがここまで全力で面白いと言ってくれるなら……とどんどんやる気が湧いてくるのを感じた。田丸さんはどんなアイデアも否定しないし、許容範囲が無限。作品を読んでいて感じる突き抜けた部分は、アイデアに対するこうした姿勢とも関係しているのかもしれない。

ここまで主にモチーフの引用や設定の置き換えについて言及してきたが、『おとぎカンパニー』で行われているのは「置き換え」と言ってしまえるほど単純な作業ではない。「幸福の王子」という童話で王子の像が人々に分け与えたものは宝石や金箔だったが、「町長の像」で町民が得たものは記憶だった。物理的なモチーフを概念に置き換えることで、町の歴史と朽ちていく像という新しい関係性に魂を宿らせている。

記憶、というのはきっと、作家・田丸雅智が得意とするテーマのひとつだ。他の田丸作品にも記憶をモチーフにした物語がいくつもある。どれも記憶というものが決して一括《ひとくく》りにされず、「夕陽売りの少女」(**マッチ売りの少女**)のように、個人個人の心の情景が丁寧に描かれる。

童話というのは、子どもの頃に植え付けられた架空の記憶とも言えるかもしれない。白雪

姫が食べた毒りんごのことを考えるといつものどがキュッとしまるし、「ヘンゼルとグレーテル」のお菓子の家を想像すると、少しの罪悪感とともに甘さが脳を支配する。本作を読んでいるあいだじゅう、自分の中に眠っていたそうした感性が躍動しているのを感じた。『おとぎカンパニー』は読者のなかに息づく物語の記憶を伏線とする、ダイナミックな構成の本だ。童話とは、私たちが人生で初めて触れたショートショートだったのだ。

大人になってからあらためて童話や絵本の物語に感心することはあったが、まさか胸の中の記憶が生き生きと動きはじめ、更新されるとは思いもよらなかった。

幼い頃、もういっさつだけよんでよお、と家族にねだったみなさん。『おとぎカンパニー』シリーズには本書に続く『日本昔ばなし編』と『妖怪編』もあります。まだまだ、奇想天外で限界知らずな新しいおとぎ話の世界で遊ぶことができますよ。

二〇一八年一二月　光文社刊

光文社文庫

おとぎカンパニー

著者　田《た》丸《まる》雅《まさ》智《とも》

2021年12月20日　初版1刷発行

発行者　鈴木広和
印刷　新藤慶昌堂
製本　ナショナル製本

発行所　株式会社　光文社
〒112-8011　東京都文京区音羽1-16-6
電話　(03)5395-8149　編集部
8116　書籍販売部
8125　業務部

落丁本・乱丁本は業務部にご連絡くだされば、お取替えいたします。
ISBN978-4-334-79284-8　Printed in Japan

組版　萩原印刷

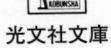